5292

MATHIAS SANDORF

OUVRAGES DU MÊME AUTEUR

VOLUMES IN-8 ILLUSTRÉS.

LES VOYAGES EXTRAORDINAIRES

MATHIAS SANDORF

PAR

JULES VERNE

TOME PREMIER

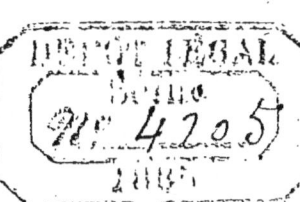

BIBLIOTHÈQUE
D'ÉDUCATION ET DE RÉCRÉATION
J. HETZEL ET Cⁱᵒ, 18, RUE JACOB

PARIS

A ALEXANDRE DUMAS.

Je vous dédie ce livre en le dédiant aussi à la mémoire du conteur de génie que fut Alexandre Dumas, votre père. Dans cet ouvrage, j'ai essayé de faire de Mathias Sandorf le Monte-Cristo des Voyages Extraordinaires. *Je vous prie d'en accepter la dédicace comme un témoignage de ma profonde amitié.*

Jules Verne.

~~~~~~~~~~

RÉPONSE DE M. A. DUMAS.

« 23 Juin 1885.

» Cher Ami,

» *Je suis très touché de la bonne pensée que vous avez eue de me dédier* Mathias Sandorf, *dont je vais commencer la lecture dès mon retour, vendredi ou samedi. Vous avez eu raison, dans votre dédicace, d'associer la mémoire du père à l'amitié du fils. Personne n'eût été plus charmé que l'auteur de Monte-Cristo, par la lecture de vos fantaisies lumineuses, originales, entraînantes. Il y a entre vous et lui une parenté littéraire si évidente que, littérairement parlant, vous êtes plus son fils que moi. Je vous aime depuis si longtemps, qu'il me va très bien d'être votre frère.*

» *Je vous remercie de votre persévérante affection, et je vous assure une fois de plus et bien chaudement de la mienne.*

» A. Dumas. »

MATHIAS SANDORF

PREMIÈRE PARTIE

I

LE PIGEON VOYAGEUR.

Trieste, la capitale de l'Illyrie, se divise en deux villes très dissemblables : une ville neuve et riche, Theresienstadt, correctement bâtie au bord de cette baie sur laquelle l'homme a conquis son sous-sol ; une ville vieille et pauvre, irrégulièrement construite, resserrée entre le Corso, qui la sépare de la première, et les pentes de la colline du Karst, dont le sommet est couronné par une citadelle d'aspect pittoresque.

Le port de Trieste est couvert par le môle de San-Carlo, près duquel mouillent de préférence les navires du commerce. Là se forment volontiers, et, parfois, en nombre inquiétant, des groupes de ces bohèmes, sans feu ni lieu, dont les habits, pantalons, gilets ou vestes, pourraient se passer de poches, car leurs propriétaires n'ont jamais rien eu, et vraisemblablement n'auront jamais rien à y mettre.

Cependant, ce jour-là, 18 mai 1867, peut-être eût-on remarqué, au milieu de ces nomades, deux personnages un peu mieux vêtus. Qu'ils dussent jamais être embarrassés de florins ou de kreutzers, c'était peu probable, à moins que la chance ne tournât en leur faveur. Ils étaient gens, il est vrai, à tout faire pour lui imprimer un tour favorable.

L'un s'appelait Sarcany et se disait Tripolitain. L'autre, Sicilien, se nommait Zirone. Tous deux, après l'avoir parcouru pour la dixième fois, venaient de s'arrêter à l'extrémité du môle. De là, ils regardaient l'horizon de mer, à l'ouest du golfe de Trieste, comme s'il eût dû apparaître au large un navire qui portât leur fortune!

« Quelle heure est-il? » demanda Zirone, dans cette langue italienne, que son compagnon parlait aussi couramment que les autres idiomes de la Méditerranée.

Sarcany ne répondit pas.

« Eh ! suis-je assez sot ! s'écria le Sicilien. N'est-il pas l'heure à laquelle on a faim, quand on a oublié de déjeuner ! »

Les éléments autrichiens, italiens, slaves, sont tellement mélangés dans cette portion du royaume Austro-Hongrois, que la réunion de ces deux personnages, bien qu'ils fussent évidemment étrangers à la ville, n'était point pour attirer l'attention. Au surplus, si leurs poches devaient être vides, personne n'eût pu le deviner, tant ils se pavanaient sous la cape brune qui leur tombait jusqu'aux bottes.

Sarcany, le plus jeune des deux, de taille moyenne, mais bien proportionné, élégant de manières et d'allures, avait vingt-cinq ans. Sarcany, rien de plus. Point de nom de baptême. Et, au fait, il n'avait point été baptisé, étant très probablement d'origine africaine, de la Tripolitaine ou de la Tunisie ; mais, bien que son teint fût bistré, ses traits corrects le rapprochaient plus du blanc que du nègre.

Si jamais physionomie fut trompeuse, c'était bien celle de Sarcany. Il eût fallu être très observateur pour démêler en cette figure régulière, yeux noirs et beaux, nez fin, bouche bien dessinée qu'ombrageait une légère moustache, l'astuce profonde de ce jeune homme. Nul œil n'aurait pu découvrir sur sa face, presque impassible, ces stigmates du mépris, du dégoût, qu'engendre un perpétuel état de révolte contre la société. Si les physionomistes prétendent, — et ils ont raison en la plupart des cas, — que tout trompeur témoigne contre lui-même en dépit de son habileté, Sarcany eût donné un démenti formel à cette proposition. A le voir, personne n'eût pu soupçonner ce qu'il était, ni ce qu'il avait été. Il ne provoquait pas cette irré-sistible aversion qu'excitent les fripons et les fourbes. Il n'en était que plus dangereux.

Quelle avait dû être l'enfance de Sarcany? on l'ignorait. Sans doute, celle d'un être abandonné. Comment fut-il élevé, et par qui? Dans quel trou de la Tripolitaine nicha-t-il durant les années du premier âge? Quels soins lui permirent d'échapper aux multiples causes de destruction sous ces climats terribles? En vérité, personne ne l'eût pu dire, — pas même lui, peut-être, — né au hasard, poussé au hasard, destiné à vivre au hasard! Toutefois, pendant son adolescence, il n'avait pas été sans se donner ou plutôt sans recevoir une certaine instruc-tion pratique, due probablement à ce que sa vie s'était déjà passée à courir le monde, à fréquenter des gens de toutes sortes, à imaginer expédients sur expédients, ne fût-ce que pour s'assurer l'existence quotidienne. C'est ainsi et par suite de circonstances diverses, que, depuis quelques années, il s'était trouvé en relations avec une des plus riches maisons de Trieste, la maison du banquier Silas Toronthal, dont le nom doit être intimement mêlé à toute cette histoire.

Quant au compagnon de Sarcany, l'italien Zirone, qu'on ne voie en lui que l'un de ces hommes sans foi ni loi, aventurier à toutes mains, à la disposition du premier qui le payera bien ou du second qui le payera mieux, pour n'importe quelle besogne. Sicilien de naissance, âgé d'une trentaine d'années, il eût été aussi capable de donner de mauvais conseils que d'en accepter et surtout d'en assurer l'exécution. Où était-il né ? peut-être l'aurait-il dit, s'il l'avait su. En tout cas, il n'avouait pas volontiers où il demeurait, s'il demeurait quelque part. C'était en Sicile que les hasards d'une vie de bohème l'avaient mis en rapport avec Sarcany. Et ils allaient ainsi, à travers le monde, s'essayant *per fas et nefas* à faire une bonne fortune de leurs deux mauvaises. Toutefois, Zirone, grand gaillard barbu, très brun de teint, très noir de poil, eût eu quelque peine à dissimuler la fourberie native que décelaient ses yeux toujours à demi fermés et le balancement

continu de sa tête. Seulement, cette astuce, il
cherchait à la cacher sous l'abondance de son ba-
vardage. Il était d'ailleurs plutôt gai que triste,
s'épanchant au moins autant que se contenait son
jeune compagnon.

Ce jour-là, cependant, Zirone ne parlait qu'avec
une certaine modération. Visiblement, la question
du dîner l'inquiétait. La veille, une dernière partie
de jeu, dans un tripot de bas étage, où la fortune
s'était montrée par trop marâtre, avait épuisé les
ressources de Sarcany. Aussi tous deux ne savaient-
ils que devenir. Ils ne pouvaient compter que sur
le hasard, et comme cette Providence des gueux ne
se pressait pas de venir à leur rencontre le long du
môle de San-Carlo, ils résolurent d'aller au-devant
d'elle à travers les rues de la nouvelle ville.

Là, sur les places, sur les quais, sur les pro-
menades, en deçà comme au delà du port, aux
abords du grand canal percé à travers Trieste, va,
vient, se presse, se hâte, se démène dans la furie
des affaires, une population de soixante-dix mille
habitants d'origine italienne, dont la langue, qui est
celle de Venise, se perd au milieu du concert
cosmopolite de tous ces marins, commerçants,
employés, fonctionnaires, au langage fait d'allemand, de français, d'anglais et de slave.

Toutefois, si cette nouvelle ville est riche, il ne
faudrait pas en conclure que tous ceux qui fréquen-
tent ses rues soient de fortunés mortels. Non! Les
plus aisés, même, n'auraient pu rivaliser avec ces
négociants anglais, arméniens, grecs, juifs, qui
tiennent le haut du pavé, à Trieste, et dont le somp-
tueux train de maison serait digne de la capitale du
royaume austro-hongrois. Mais, sans les compter,
que de pauvres diables, errant du matin au soir, à
travers ces avenues commerçantes, bordées de
hautes bâtisses, fermées comme des coffres-forts,
où s'entreposent les marchandises de toute nature
qu'attire ce port franc, si heureusement placé au
fond de l'Adriatique! Que de gens qui n'ont point
déjeuné, qui ne dîneront peut-être pas, attardés
sur les môles, où les navires de la plus puissante
Société maritime de l'Europe, le Lloyd autrichien,
débarquent tant de richesses venues de tous les
coins du monde! Que de misérables enfin, comme
il s'en trouve par centaines à Londres, à Liverpool,
à Marseille, au Havre, à Anvers, à Livourne, mêlés
aux opulents armateurs dans le voisinage de ces
arsenaux, dont l'entrée leur est interdite, sur la
place de la Bourse, qui ne leur ouvrira jamais ses
portes, au bas des premières marches de ce Tergesteum, où le Lloyd a installé ses bureaux, ses

salles de lecture, et dans lequel il vit en parfait
accord avec la Chambre de commerce!

Il est incontestable que, dans toutes les grandes
villes maritimes de l'ancien et du nouveau monde,
fourmille une classe de malheureux, spéciaux à ces
grands centres. D'où ils viennent, on ne sait. D'où
ils sont tombés, on l'ignore. Où ils finiront, ils
ne le savent pas. Parmi eux, le nombre des dé-
classés est considérable. Beaucoup d'étrangers,
d'ailleurs. Les chemins de fer et les navires marchands les y ont jetés un peu comme des colis de
rebut, et ils encombrent la voie publique, d'où
la police essaye en vain de les chasser.

Donc, Sarcany et Zirone, après un dernier regard
jeté à travers le golfe, jusqu'au phare élevé à la
pointe de Sainte-Thérèse, quittèrent le môle, prirent
entre le Teatro Communale et le square, arrivèrent
à la Piazza Grande, où ils flanèrent un quart d'heure,
auprès de la fontaine bâtie avec les pierres du
Karst voisin, au pied de la statue de Charles VI.

Tous deux revinrent alors vers la gauche. En
vérité, Zirone dévisageait les passants, comme s'il
avait eu l'irrésistible envie de les détrousser. Puis,
ils tournèrent l'énorme carré du Tergesteum, précisément à l'heure où finissait la Bourse.

« La voilà vide... comme la nôtre! » crut devoir

dire le Sicilien, en riant sans avoir aucune envie de rire.

Mais l'indifférent Sarcany n'eut pas même l'air d'entendre la mauvaise plaisanterie de son compagnon, qui se détirait les membres avec un bâillement de famélique.

Alors ils traversèrent la place triangulaire, sur laquelle se dresse la statue de bronze de l'empereur Léopold Ier. Un coup de sifflet de Zirone, — coup de sifflet de gamin musard, — fit envoler tout un groupe de ces pigeons bleus qui roucoulent sous le portique de la vieille Bourse, comme les pigeons grisâtres, entre les Procuraties de la place de Saint-Marc, à Venise. Non loin se développait le Corso, qui sépare la nouvelle de l'ancienne Trieste.

Une rue large, mais sans élégance, des magasins bien achalandés, mais sans goût, plutôt le Regent Street de Londres ou le Broadway de New-York, que le boulevard des Italiens de Paris. Grand nombre de passants, d'ailleurs. Un chiffre suffisant de voitures, allant de la Piazza Grande à la Piazza della Legna, — noms qui indiquent combien la ville se ressent de son origine italienne.

Si Sarcany affectait d'être inaccessible à toute tentation, Zirone ne passait pas devant les magasins sans y jeter ce regard envieux de ceux qui n'ont pas le moyen d'y entrer. Il y aurait eu là, cependant, bien des choses à leur convenance, principalement chez les marchands de comestibles, et dans les « birreries », où la bière coule à flots plus qu'en aucune autre ville du royaume austro-hongrois.

« Il fait encore plus faim et plus soif dans ce Corso! » fit observer le Sicilien, dont la langue claqua, comme une cliquette de malandrin, entre ses lèvres desséchées.

Observation à laquelle Sarcany ne répondit que par un haussement d'épaules.

Tous deux prirent alors la première rue à gauche, et, arrivés sur les bords du canal, au point où le Ponto Rosso, — pont tournant, — le traverse, ils en remontèrent ces quais auxquels peuvent accoster même des navires d'un fort tirant d'eau. Là, ils devaient être infiniment moins sollicités par l'attraction des étalagistes. A la hauteur de l'église Sant'Antonio, Sarcany prit brusquement sur la droite. Son compagnon le suivit, sans faire aucune observation. Puis, ils retraversèrent le Corso, et les voilà s'aventurant à travers la vieille ville, dont les rues étroites, impraticables aux voitures quand elles grimpent les premières pentes du Karst, sont le plus souvent orientées de manière à ne point se laisser prendre d'enfilade par le terrible vent de la bora, violente brise glacée du nord-est. En cette vieille Trieste, Zirone et Sarcany, — ces deux sans-le-sou, — devaient se trouver plus chez eux qu'au milieu des riches quartiers de la nouvelle ville.

C'était, en effet, au fond d'un hôtel modeste, non loin de l'église de Santa-Maria-Maggiore, qu'ils logeaient depuis leur arrivée dans la capitale de l'Illyrie. Mais comme l'hôtelier, impayé jusqu'alors, devenait pressant à propos d'une note qui grossissait de jour en jour, ils évitèrent ce cap dangereux, traversèrent la place et flanèrent pendant quelques instants autour de l'Arco di Riccardo.

En somme, d'étudier ces restes de l'architecture romaine, cela ne pouvait leur suffire. Donc, puisque le hasard tardait visiblement à paraître au milieu de rues mal fréquentées, l'un suivant l'autre, ils commencèrent à remonter les rudes sentiers, qui conduisent presque au sommet du Karst, à la terrasse de la cathédrale.

« Singulière idée de grimper là-haut ! » murmura Zirone, en serrant sa cape à la ceinture.

Mais il n'abandonna pas son jeune compagnon, et, d'en bas, on aurait pu les voir se hissant le long de ces escaliers improprement qualifiés de rues, qui desservent les talus du Karst. Dix minutes après,

plus altérés et plus affamés qu'avant, ils atteignaient
la terrasse.

Que de ce point élevé la vue s'étende magnifi-
quement à travers le golfe de Trieste jusqu'à la
pleine mer, sur le port animé par le va-et-vient des
bateaux de pêche, l'entrée et la sortie des steamers
et des navires de commerce, que le regard embrasse
la ville tout entière, ses faubourgs, les dernières
maisons étagées sur la colline, les villas éparses
sur les hauteurs, cela n'était plus pour émerveiller
ces deux aventuriers. Ils en avaient vu bien d'autres, et, d'ailleurs, que de fois déjà, ils étaient venus
promener en cet endroit leurs ennuis et leur misère !
Zirone, surtout, eût mieux aimé flâner devant les
riches boutiques du Corso. Enfin, puisque c'était
le hasard et ses générosités fortuites qu'ils étaient
venus chercher si haut, il fallait l'y attendre sans
trop d'impatience.

Il y avait là, à l'extrémité de l'escalier qui accède
à la terrasse, près de la cathédrale byzantine de
Saint-Just, un enclos, jadis un cimetière, devenu
un musée d'antiquités. Ce ne sont plus des tom-
beaux, mais des fragments de pierres funéraires,
couchés sous les basses branches de beaux arbres,
stèles romaines, cippes moyen âge, morceaux de
triglyphes et de métopes de diverses époques de la

Renaissance, cubes vitrifiés, où se voient encore des traces de cendres, le tout pêle-mêle dans l'herbe.

La porte de l'enclos était ouverte. Sarcany n'eut que la peine de la pousser. Il entra, suivi de Zirone, qui se contenta de faire cette réflexion mélancolique :

« Si nous avions l'intention d'en finir avec la vie, l'endroit serait favorable !

— Et si on te le proposait?.. répondit ironiquement Sarcany.

— Eh! je refuserais, mon camarade! Qu'on me donne seulement un jour heureux sur dix, je n'en demande pas plus! `

— On te le donnera, — et mieux!

— Que tous les saints de l'Italie t'entendent, et Dieu sait qu'on les compte par centaines!

— Viens toujours, » répondit Sarcany.

Tous deux suivirent une allée demi-circulaire, entre une double rangée d'urnes, et vinrent s'asseoir sur une grande rosace romane, étendue au ras du sol.

D'abord, ils restèrent silencieux, — ce qui pouvait convenir à Sarcany, mais ne convenait guère à son compagnon. Aussi Zirone de dire bientôt, après un ou deux bâillements mal étouffés :

« Sang-Dieu ! il ne se presse pas de venir, ce hasard, sur lequel nous avons la sottise de compter ! »

Sarcany ne répondit pas.

« Aussi, reprit Zirone, quelle idée de venir le chercher jusqu'au milieu de ces ruines ! Je crains bien que nous n'ayons fait fausse route, mon camarade ! Qui diable trouverait-il à obliger au fond de ce vieux cimetière ? Les âmes n'ont guère besoin de lui, quand elles ont quitté leur enveloppe mortelle ! Et lorsque j'en serai là, peu m'importera un dîner en retard ou un souper qui ne viendra pas ! Allons-nous-en ! »

Sarcany, plongé dans ses réflexions, le regard perdu dans l'espace, ne bougea pas.

Zirone demeura quelques instants sans parler. Puis, sa loquacité habituelle l'emportant :

« Sarcany, dit-il, sais-tu sous quelle forme j'aimerais à le voir apparaître, ce hasard, qui oublie aujourd'hui de vieux clients comme nous ? Sous la forme de l'un des garçons de caisse de la maison Toronthal, qui arriverait ici, le portefeuille bourré de billets de banque, et qui nous confierait ledit portefeuille de la part dudit banquier, avec mille excuses pour nous avoir fait attendre !

— Écoute-moi, Zirone, répondit Sarcany, dont

les sourcils se contractèrent violemment. Pour la
dernière fois, je te répète qu'il n'y a plus rien à
espérer de Silas Toronthal.

— En est-tu sûr?

— Oui! tout le crédit que je pouvais avoir chez
lui est maintenant épuisé, et, à mes dernières demandes, il a répondu par un refus définitif.

— Ça, c'est mal!

— Très mal, mais cela est!

— Bon, si ton crédit est épuisé, reprit Zirone,
c'est que tu as eu du crédit! Et sur quoi reposait-
il? Sur ce que tu avais mis plusieurs fois ton intelligence et ton zèle au service de sa maison de banque
pour certaines affaires... délicates! Aussi, pendant
les premiers mois de notre séjour à Trieste, Toronthal ne s'est-il pas montré trop récalcitrant sur la
question de finance! Mais il est impossible que tu
ne le tiennes pas encore par quelque côté, et en le
menaçant...

— Si cela était à faire, ce serait déjà fait, répondit Sarcany, qui haussa les épaules, et tu n'en
serais pas à courir après un dîner! Non, par Dieu!
je ne le tiens pas, ce Toronthal, mais cela peut
venir, et ce jour-là, il me payera capital, intérêts et
intérêts des intérêts de ce qu'il me refuse aujour-
d'hui! J'imagine, d'ailleurs, que les affaires de sa

maison sont maintenant quelque peu embarrassées, et ses fonds compromis dans des entreprises douteuses. Le contre-coup de plusieurs faillites en Allemagne, à Berlin, à Munich, s'est fait sentir jusqu'à Trieste, et, quoi qu'il ait pu dire, Silas Toronthal m'a paru inquiet lors de ma dernière visite! Laissons se troubler l'eau... et quand elle sera trouble...

— Soit, s'écria Zirone, mais, en attendant, nous n'avons que de l'eau à boire! Vois-tu, Sarcany, je pense qu'il faudrait tenter un dernier effort près de Toronthal! Il faudrait frapper encore une fois à sa caisse et obtenir, tout au moins, la somme nécessaire pour retourner en Sicile, en passant par Malte....

— Et que faire en Sicile?

— Ça me regarde! Je connais le pays, et je pourrais y ramener avec nous une bande de Maltais, hardis compagnons sans préjugés, dont on ferait quelque chose! Eh! mille diables! s'il n'y a plus rien à tenter ici, partons, et obligeons ce damné banquier à nous payer nos frais de route! Si peu que tu en saches sur son compte, cela doit suffire pour qu'il préfère te savoir partout ailleurs qu'à Trieste! »

Sarcany secoua la tête.

« Voyons! cela ne peut pas durer plus longtemps! Nous sommes à bout! » ajouta Zirone.

Il s'était levé, il frappait la terre du pied, comme il eût fait d'une marâtre, incapable de le nourrir.

En ce moment, son regard fut attiré par un oiseau qui voletait péniblement en dehors de l'enclos. C'était un pigeon, dont l'aile fatiguée battait à peine, et qui peu à peu s'abattait vers le sol.

Zirone, sans se demander à laquelle des cent soixante-dix-sept espèces de pigeons, classées maintenant dans la nomenclature ornithologique, appartenait ce volatile, ne vit qu'une chose : c'est qu'il devait être d'une espèce comestible. Aussi, après l'avoir montré de la main à son compagnon, le dévorait-il du regard.

L'oiseau était visiblement à bout de forces. Il venait de s'accrocher aux saillies de la cathédrale, dont la façade est flanquée d'une haute tour carrée d'origine plus ancienne. N'en pouvant plus, prêt à choir, il vint se poser d'abord sur le toit d'une petite niche, sous laquelle s'abrite la statue de saint Just; mais ses pattes affaiblies ne purent l'y retenir, et il se laissa glisser jusqu'au chapiteau d'une colonne antique, engagée dans l'angle que fait la tour avec la façade du monument.

Si Sarcany, toujours immobile et silencieux, ne

s'occupait guère à suivre ce pigeon dans son vol,
Zirone, lui, ne le perdait pas de vue. L'oiseau
venait du nord. Une longue course l'avait réduit à
cet état d'épuisement. Evidemment son instinct le
poussait vers un but plus éloigné. Aussi reprit-il
son vol presque aussitôt, en suivant une trajectoire
courbe, qui l'obligea à faire une nouvelle halte,
précisément sur les basses branches de l'un des
arbres du vieux cimetière.

Zirone résolut alors de s'en emparer, et, doucement, il se dirigea en rampant vers l'arbre. Bientôt
il eut atteint la base d'un tronc noueux, par lequel
il lui était aisé d'arriver jusqu'à la fourche. Là, il
demeura, immobile, muet, dans l'attitude d'un
chien, qui guette quelque gibier perché au-dessus
de sa tête.

Le pigeon, ne l'ayant point aperçu, voulut alors
reprendre sa course; mais ses forces le trahirent
de nouveau, et, à quelques pas de l'arbre, il retomba
sur le sol.

Se précipiter d'un bond, allonger le bras, saisir
l'oiseau dans sa main, ce fut l'affaire d'une seconde
pour le Silicien. Et, tout naturellement, il allait
étouffer le pauvre volatile, quand il se retint, poussa
un cri de surprise, et revint en toute hâte près de
Sarcany.

« Un pigeon voyageur! dit-il.

— Eh bien, voilà un voyageur qui aura fait là son dernier voyage! répondit Sarcany.

— Sans doute, reprit Zirone, et tant pis pour ceux auxquels est destiné le billet attaché sous son aile...

— Un billet? s'écria Sarcany. Attends, Zirone, attends! Cela mérite un sursis! »

Et il arrêta la main de son compagnon, qui allait se refermer sur le cou de l'oiseau. Puis, prenant le sachet que venait de détacher Zirone, il l'ouvrit et en retira un billet écrit en langue chiffrée.

Le billet ne contenait que dix-huit mots, disposés sur trois colonnes verticales, comme suit :

ihnalz	*zaemen*	*ruiopn*
arnuro	*trvree*	*mtqssl*
odxhnp	*estlev*	*eeuart*
aeecil	*ennios*	*noupvg*
spesdr	*erssur*	*ouitse*
eedgnc	*toeedt*	*artuee*

Du lieu de départ et du lieu de destination de ce billet, rien. Quant à ces dix-huit mots, composés chacun d'un égal nombre de lettres, serait-il possible d'en comprendre le sens sans en connaître le chiffre? C'éta.. ~eu probable, à moins d'être un habile

déchiffreur, — et encore fallait-il que le billet ne
fût pas « indéchiffrable ! »

Devant ce cryptogramme, qui ne lui apprenait
rien, Sarcany, d'abord très désappointé, demeura
très perplexe. Le billet contenait-il quelque avis
important et, surtout, de nature compromettante ?
on pouvait, on devait le croire, rien qu'aux précautions prises pour qu'il ne pût être lu, s'il tombait
en d'autres mains que celles du destinataire. N'employer pour correspondre, ni la poste ni le fil télé-
graphique, mais bien cet extraordinaire instinct du
pigeon voyageur, indiquait qu'il s'agissait là d'une
affaire pour laquelle on voulait un secret absolu.

« Peut-être, dit Sarcany, y a-t-il dans ces lignes
un mystère qui ferait notre fortune !

— Et alors, répondit Zirone, ce pigeon serait le
représentant du hasard, après lequel nous avons
tant couru depuis ce matin ! Sang Dieu ! moi qui
allais l'étrangler !... Après tout, l'important, c'est
d'avoir le message, et rien n'empêchera de faire
cuire le messager...

— Ne te hâte pas, Zirone, reprit Sarcany, qui
sauva encore une fois la vie de l'oiseau. Peut-être,
grâce à ce pigeon, avons-nous le moyen de connaître
quel est le destinataire du billet, à la condition,
toutefois, qu'il demeure à Trieste ?

— Et après? Cela ne te premettra pas de lire ce qu'il y a dans ce billet, Sarcany !

— Non, Zirone.

— Ni de savoir d'où il vient !

— Sans doute ! Mais, des deux correspondants, si je parviens à connaître l'un, j'imagine que cela pourra me servir à connaître l'autre ! Donc, au lieu de tuer cet oiseau, il faut, au contraire, lui rendre ses forces, afin qu'il puisse arriver à destination !

— Avec le billet? demanda Zirone.

— Avec le billet, dont je vais prendre une copie exacte, et que je garderai jusqu'au moment où il conviendra d'en faire usage ! »

Sarcany tira alors un carnet de sa poche, et, au crayon, il prit un fac-similé du billet. Sachant que dans la plupart des cryptogrammes, il ne faut rien négliger de leur arrangement matériel, il eut soin de bien conserver l'exacte disposition des mots l'un par rapport à l'autre. Puis, cela fait, il remit le fac-similé dans son carnet, le billet dans le petit sachet, et le petit sachet sous l'aile du pigeon.

Zirone le regardait, sans trop partager les espérances de fortune fondées sur cet incident.

« Et maintenant? dit-il.

— Maintenant, répondit Sarcany, occupe-toi de donner tes soins au messager. »

En réalité, le pigeon était plus épuisé de faim
que de fatigue. Ses ailes intactes, sans lésion ni
rupture, prouvaient que sa faiblesse momentanée
n'était due ni au grain de plomb d'un chasseur ni au
coup de pierre de quelque gamin malfaisant. Il avait
faim, il avait soif, surtout.

Zirone chercha donc et trouva, à fleur de sol, une
demi-douzaine d'insectes, puis autant de graines,
que l'oiseau mangea avec avidité; enfin, il le
désaltéra de cinq ou six gouttes d'eau, dont la
dernière pluie avait laissé quelques larmes au fond
d'un débris de poterie antique. Si bien qu'une demi-
heure après avoir été pris, restauré, réchauffé, le
pigeon se retrouvait en parfait état de reprendre son
voyage interrompu.

« S'il doit aller loin encore, fit observer Sarcany,
si sa destination est au delà de Trieste, peu nous
importe qu'il tombe en route, puisque nous l'aurons
bientôt perdu de vue, et qu'il nous sera impossible
de le suivre. Si, au contraire, c'est à l'une des
maisons de Trieste qu'il est attendu et doit s'arrêter,
les forces ne lui manqueront pas pour l'atteindre,
car il n'a plus à voler que pendant une ou deux
minutes.

— Tu as parfaitement raison, répondit le Sicilien.
Mais pourrons-nous l'apercevoir jusqu'à l'endroit où

il a l'habitude de se remiser, même s'il ne va pas plus loin que Trieste?

— Nous ferons, du moins, tout ce qu'il faudra pour cela, » répliqua simplement Sarcany.

Et voici ce qu'il fit :

La cathédrale, composée de deux vieilles églises romanes, consacrées, l'une à la Vierge, l'autre à Saint-Just, patron de Trieste, est contrebuttée d'une haute tour, qui s'élève à l'angle de cette façade, percée d'une grande rosace, sous laquelle s'ouvre la porte principale de l'édifice. Cette tour domine le plateau de la colline du Karst, et la ville se développe au-dessous comme une carte en relief. De ce point élevé, on aperçoit facilement tout le quadrillé des toits de ses maisons, depuis les premières pentes du talus jusqu'au littoral du golfe. Il ne serait donc pas impossible de suivre le pigeon dans son vol, à la condition de le lâcher du sommet de cette tour, puis, sans doute, de reconnaître en quelle maison il irait chercher refuge, s'il était toutefois à destination de Trieste, et non de quelque autre cité de la Péninsule illyrienne.

La tentative pouvait réussir. Elle méritait au moins d'être essayée. Il n'y avait plus qu'à remettre l'oiseau en liberté.

Sarcany et Zirone quittèrent donc le vieux cime-

tière, traversèrent la petite place tracée devant
l'église et se dirigèrent vers la tour. Une des portes
ogivales, — précisément celle qui se découpe sous
le larmier antique, à l'aplomb de la niche de
Saint-Just, — était ouverte. Tous deux la fran-
chirent, et ils commencèrent à monter les rudes
degrés de l'escalier tournant, qui dessert l'étage
supérieur.

Il leur fallut deux ou trois minutes pour arriver
jusqu'au sommet, sous le toit même qui coiffe
l'édifice, auquel manque une terrasse extérieure.
Mais, à cet étage, deux fenêtres, s'ouvrant sur
chaque face de la tour, permettent au regard de se
porter successivement à tous les points du double
l'horizon de collines et de mer.

Sarcany et Zirone vinrent se poster à celle des
fenêtres, qui donnait directement sur Trieste, dans
la direction du nord-ouest.

Quatre heures sonnaient alors à l'horloge de ce
château du seizième siècle, bâti au couronnement
du Karst, en arrière de la cathédrale. Il faisait grand
jour encore. Au milieu d'une atmosphère très pure,
le soleil descendait lentement vers les eaux de
l'Adriatique, et la plupart des maisons de la ville rece-
vaient normalement ses rayons sur leurs façades
tournées du côté de la tour.

Les circonstances étaient donc favorables.

Sarcany prit le pigeon entre ses mains, il le réconforta généreusement d'une dernière caresse et lui donna la volée.

L'oiseau battit des ailes, mais tout d'abord descendit assez rapidement pour faire craindre qu'il ne terminât par une chute brutale sa carrière de messager aérien.

De là, un véritable cri de désappointement que le Sicilien, très émotionné, ne put retenir.

« Non ! il se relève ! » dit Sarcany.

Et, en effet, le pigeon venait de reprendre son équilibre sur la couche inférieure de l'air; puis, faisant un crochet, il se dirigea obliquement vers le quartier nord-ouest de la ville.

Sarcany et Zirone le suivaient des yeux.

Dans le vol de cet oiseau, guidé par un merveilleux instinct, il n'y avait pas une hésitation. On sentait bien qu'il allait droit où il devait aller, — là où il eût été déjà depuis une heure, sans cette halte forcée sous les arbres du vieux cimetière.

Sarcany et son compagnon l'observaient avec une anxieuse attention. Ils se demandaient s'il n'allait pas dépasser les murs de la ville, — ce qui eût mis leurs projets à néant.

Il n'en fut rien.

« Je le vois !... je le vois toujours ! s'écriait Zirone, dont la vue était extrêmement perçante.

— Ce qu'il faut surtout voir, répondait Sarcany, c'est l'endroit où il va s'arrêter et en déterminer la situation exacte ! »

Quelques minutes après son départ, le pigeon s'abattait sur une maison, dont le pignon aigu dominait les autres, au milieu d'un massif d'arbres, en cette portion de la ville, située du côté de l'hôpital et du jardin public. Là, il disparut à travers une lucarne de mansarde, très visible alors, et que surmontait une girouette de fer ajourée, laquelle eût été certainement de la main de Quentin Metsys, si Trieste se fût trouvée en pays flamand.

L'orientation générale étant fixée, il ne devait pas être très difficile, en se repérant sur cette girouette aisément reconnaissable, de retrouver le pignon au faîte duquel s'ouvrait ladite lucarne, et, en fin de compte, la maison habitée par le destinataire du billet.

Sarcany et Zirone redescendirent aussitôt, et, après avoir dévalé les pentes du Karst, ils suivirent une série de petites rues qui aboutissent à la Piazza della Legna. Là, ils durent s'orienter, afin de rechercher le groupe des maisons, dont se compose le quartier est de la ville.

Arrivés au confluent de deux grandes artères, la Corsa Stadion, qui conduit au jardin public, et l'Acquedotto, belle avenue d'arbres, menant à la grande brasserie de Boschetto, les deux aventuriers eurent quelque hésitation sur la direction vraie. Fallait-il prendre à droite, fallait-il prendre à gauche? Instinctivement, ils choisirent la droite, avec l'intention d'observer l'une après l'autre toutes les maisons de l'avenue, au-dessus de laquelle ils avaient remarqué que la girouette dominait quelques têtes de verdure.

Ils allaient donc ainsi, passant l'inspection des divers pignons et toits de l'Acquedotto, sans avoir trouvé ce qu'ils cherchaient, lorsqu'ils arrivèrent à son extrémité.

« La voilà! » s'écria enfin Zirone.

Et il montrait une girouette que le vent du large faisait grincer sur son montant de fer, au-dessus d'une lucarne autour de laquelle voltigeaient précisément quelques pigeons.

Donc, pas d'erreur possible. C'était bien là que l'oiseau voyageur était venu se remiser.

La maison, de modeste apparence, se perdait dans le pâté, qui forme l'amorce de l'Acquedotto.

Sarcany prit ses informations aux boutiques voisines et sut tout d'abord ce qu'il voulait savoir.

La maison, depuis bien des années, appartenait
et servait d'habitation au comte Ladislas Zathmar.

« Qu'est-ce que le comte Zathmar? demanda
Zirone, auquel ce nom n'apprenait rien.

— C'est le comte Zathmar! répondit Sarcany.

— Mais peut-être pourrions-nous interroger?...

— Plus tard, Zirone, ne précipitons rien! De
la réflexion, du calme, et maintenant, à notre au-
berge!

— Oui!... C'est l'heure de dîner pour ceux qui
ont le droit de se mettre à table! fit ironiquement
observer Zirone.

— Si nous ne dînons pas aujourd'hui, répondit
Sarcany, il est possible que nous dînions demain!

— Chez qui?...

— Qui sait, Zirone? Peut-être chez le comte Zathmar! »

Tous deux, marchant d'un pas modéré, — à quoi
bon se presser? — eurent bientôt atteint leur modeste hôtel, encore trop riche pour eux, puisqu'ils
n'y pouvaient payer leur gîte.

Quelle surprise leur était réservée!... Une lettre
venait d'arriver à l'adresse de Sarcany.

Cette lettre contenait un billet de deux cents florins, avec ces mots, — rien de plus :

« Voici le dernier argent que vous recevrez de

moi. Il vous suffira pour retourner en Sicile. Partez,
et que je n'entende plus parler de vous.

« Silas Toronthal. »

« Vive Dieu! s'écria Zirone, le banquier s'est
ravisé à propos! Décidément, il ne faut jamais désespérer de ces gens de finance!

— C'est mon avis! répondit Sarcany.

— Ainsi, cet argent va nous servir à quitter
Trieste?...

— Non! à y rester! »

II

LE COMTE MATHIAS SANDORF.

Les Hongrois, ce sont ces Magyars qui vinrent habiter le pays vers le neuvième siècle de l'ère chrétienne. Ils forment actuellement le tiers de la population totale de la Hongrie, — plus de cinq millions d'âmes. Qu'ils soient d'origine espagnole, égyptienne ou tartare, qu'ils descendent des Huns d'Attila ou des Finnois du Nord, — la question est controversée, — peu importe ! Ce qu'il faut surtout observer, c'est que ce ne sont point des Slaves, ce ne sont point des Allemands, et, vraisemblablement, ils répugneraient à le devenir.

Aussi, ces Hongrois ont-ils gardé leur religion, et se sont-ils montrés catholiques ardents depuis le onzième siècle, — époque à laquelle ils acceptèrent la foi nouvelle. En outre, c'est leur antique langue qu'ils parlent encore, une langue mère, douce, harmonieuse, se prêtant.à tout le charme de la poésie, moins riche que l'allemand, mais plus concise, plus énergique, une langue qui, du quatorzième au seizième siècle, remplaça le latin dans les lois et ordonnances, en attendant qu'elle devînt langue nationale.

Ce fut le 21 janvier 1699 que le traité de Carlowitz assura la possession de la Hongrie et de la Transylvanie à l'Autriche.

Vingt ans après, la pragmatique sanction déclarait solennellement que les États de l'Autriche-Hongrie seraient toujours indivisibles. A défaut de fils, la fille pourrait succéder à la couronne, selon l'ordre de primogéniture. Et c'est grâce à ce nouveau statut qu'en 1749, Marie-Thérèse monta sur le trône de son père Charles VI, dernier rejeton de la ligne masculine de la maison d'Autriche.

Les Hongrois durent se courber sous la force; mais cent cinquante ans plus tard, il s'en rencontrait encore, de toutes conditions et de toutes classes, qui ne voulaient ni de la pragmatique sanction ni du traité de Carlowitz.

A l'époque où commence ce récit, il y avait un Magyar de haute naissance, dont la vie entière se résumait en ces deux sentiments : la haine de tout ce qui était germain, l'espoir de rendre à son pays son autonomie d'autrefois. Jeune encore, il avait connu Kossuth, et bien que sa naissance et son éducation dussent le séparer de lui sur d'importantes questions politiques, il n'avait pu qu'admirer le grand cœur de ce patriote.

Le comte Mathias Sandorf habitait, dans l'un des comitats de la Transylvanie du district de Fagaras, un vieux château d'origine féodale. Bâti sur un des contreforts septentrionaux des Carpathes orientales, qui séparent la Transylvanie de la Valachie, ce château se dressait sur cette chaîne abrupte dans toute sa fierté sauvage, comme un de ces suprêmes refuges où des conjurés peuvent tenir jusqu'à la dernière heure.

Des mines voisines, riches en minera de fer et de cuivre, soigneusement exploitées, constituaient au propriétaire du château d'Artenak une fortune très considérable. Ce domaine comprenait une partie du district de Fagaras, dont la population ne s'élève pas à moins de soixante-douze mille habitants. Ceux-ci, citadins et campagnards, ne se cachaient pas d'avoir pour le comte Sandorf un dévouement à toute épreuve, une reconnaissance sans borne, en souvenir du bien qu'il faisait dans le pays. Aussi,

ce château était-il l'objet d'une surveillance parti-
culière, organisée par la chancellerie de Hongrie à
Vienne, qui est entièrement indépendante des autres
ministères de l'Empire. On connaissait en haut lieu
les idées du maître d'Artenak, et l'on s'en inquiétait,
si l'on n'inquiétait pas sa personne.

Mathias Sandorf avait alors trente-cinq ans. C'était
un homme dont la taille, qui dépassait un peu la
moyenne, accusait une grande force musculaire. Sur
de larges épaules reposait sa tête d'allure noble et
fière. Sa figure, au teint chaud, un peu carrée,
reproduisait le type magyar dans toute sa pureté.
La vivacité de ses mouvements, la netteté de sa
parole, le regard de son œil ferme et calme, l'active
circulation de son sang, qui communiquait à ses
narines, aux plis de sa bouche, un frémissement
léger, le sourire habituel de ses lèvres, signe indé-
niable de bonté, un certain enjouement de propos
et de gestes, — tout cela indiquait une nature
franche et généreuse. On a remarqué qu'il existe de
grandes analogies entre le caractère français et le
caractère magyar. Le comte Sandorf en était la
preuve vivante.

A noter un des traits les plus saillants de ce
caractère : le comte Sandorf, assez insoucieux de
ce qui ne regardait que lui-même, capable de faire,

à l'occasion, bon marché des torts qui n'atteignaient que lui, n'avait jamais pardonné, ne pardonnerait jamais une offense, dont ses amis auraient été victimes. Il avait au plus haut degré l'esprit de justice, la haine de tout ce qui est perfidie. De là, une sorte d'implacabilité impersonnelle. Il n'était point de ceux qui laissent à Dieu seul le soin de punir en ce monde.

Il convient de dire ici que Mathias Sandorf avait reçu une instruction très sérieuse. Au lieu de se confiner dans les loisirs que lui assurait sa fortune, il avait suivi ses goûts, qui le portaient vers les sciences physiques et les études médicales. Il eût été un médecin de grand talent, si les nécessités de la vie l'eussent obligé à soigner des malades. Il se contenta d'être un chimiste très apprécié des savants. L'université de Pesth, l'Académie des sciences de Presbourg, l'école royale des Mines de Schemnitz, l'école normale de Temeswar, l'avaient compté tour à tour parmi leurs plus assidus élèves. Cette vie studieuse compléta et solidifia ses qualités naturelles. Elle en fit un homme, dans la grande acception de ce mot. Aussi fut-il tenu pour tel par tous ceux qui le connurent, et plus particulièrement, par ses professeurs, restés ses amis, dans les diverses écoles et universités du royaume.

Autrefois, en ce château d'Artenak, il y avait gaieté, bruit, mouvement. Sur cette âpre croupe des Carpathes, les chasseurs transylvaniens se donnaient volontiers rendez-vous. Il se faisait de grandes et périlleuses battues, dans lesquelles le comte Sandorf cherchait un dérivatif à ses instincts de lutte qu'il ne pouvait exercer sur le champ de la politique. Il se tenait à l'écart, observant de très près le cours des choses. Il ne semblait occupé que de vivre, partagé entre ses études et cette grande existence que lui permettait sa fortune. A cette époque, la comtesse Réna Sandorf existait encore. Elle était l'âme de ces réunions au château d'Artenak. Quinze mois avant le début de cette histoire, la mort l'avait frappée, en pleine jeunesse, en pleine beauté, et il ne restait plus d'elle qu'une petite fille, qui maintenant était âgée de deux ans.

Le comte Sandorf fut cruellement atteint par ce coup. Il devait en rester à jamais inconsolable. Le château devint silencieux, désert. Depuis ce jour, sous l'empire d'une douleur profonde, le maître y vécut comme dans un cloître. Toute sa vie se concentra sur son enfant, qui fut confiée aux soins de Rosena Lendeck, femme de l'intendant du comte. Cette excellente créature, jeune encore, se dévoua toute entière à l'unique héritière des Sandorf, et ses soins furent pour elle ceux d'une seconde mère.

Pendant les premiers mois de son veuvage, Mathias Sandorf ne quitta pas le château d'Artenak. Il se recueillit et vécut dans les souvenirs du passé. Puis, l'idée de sa patrie, replacée dans un état d'infériorité en Europe, reprit le dessus.

En effet, la guerre franco-italienne de 1859 avait porté un coup terrible à la puissance autrichienne.

Ce coup venait d'être suivi, sept ans après, en 1866, d'un coup plus terrible encore, celui de Sadowa. Ce n'était plus seulement à l'Autriche, privée de ses possessions italiennes, c'était à l'Autriche, vaincue des deux côtés, subordonnée à l'Allemagne, que la Hongrie se sentait rivée. Les Hongrois, — c'est un sentiment qui ne se raisonne pas, puisqu'il est dans le sang, — furent humiliés en leur orgueil. Pour eux, les victoires de Custozza et de Lissa n'avaient pu compenser la défaite de Sadowa.

Le comte Sandorf, pendant l'année qui suivit, avait soigneusement étudié le terrain politique et reconnu qu'un mouvement séparatiste pourrait peut-être réussir.

Le moment d'agir était donc venu. Le 3 mai de cette année — 1867 — après avoir embrassé sa petite fille qu'il laissait aux bons soins de Rosena Lendeck, le comte Sandorf quittait le château d'Artenak, partait pour Pesth, où il se mettait en rapport avec ses amis et partisans, prenait quelques dispositions préliminaires ; puis, quelques jours plus tard, il venait attendre les événements à Trieste.

Là devait être le centre principal de la conspiration. De là allaient rayonner tous les fils, réunis dans la main du comte Sandorf. En cette ville, les chefs de la conspiration, moins suspectés peut-être, pourraient agir avec plus de sécurité, surtout avec plus de liberté pour mener à bonne fin cette œuvre de patriotisme.

A Trieste demeuraient deux des plus intimes amis de Mathias Sandorf. Animés du même esprit, ils étaient décidés à le suivre jusqu'au bout dans cette entreprise. Le comte Ladislas Zathmar et le professeur Étienne Bathory étaient Magyars, et de grande naissance. Tous les deux, d'une dizaine d'années plus âgés que Mathias Sandorf, se trouvaient à peu près sans fortune. L'un tirait quelques minces revenus d'un petit domaine, situé dans le comitat de Lipto, appartenant au cercle en deçà du Danube ; l'autre professait les sciences physiques à Trieste et ne vivait que du produit de ses leçons.

i. 3

Ladislas Zathmar habitait la maison, récemment reconnue dans l'Acquedotto par Sarcany et Zirone, — modeste demeure qu'il avait mise à la disposition de Mathias Sandorf pendant tout le temps que celui-ci devait passer hors de son château d'Artenak, c'est-à-dire jusqu'à l'issue du mouvement projeté, quelle qu'elle fût. Un Hongrois, Borik, âgé de cinquante-cinq ans, représentait à lui seul tout le personnel de la maison. C'était un homme aussi dévoué à son maître que l'intendant Lendeck l'était au sien.

Etienne Bathory occupait une non moins modeste demeure de la Corsia Stadion, à peu près dans le même quartier que le comte Zathmar. C'est là que se concentrait toute sa vie entre sa femme et son fils Pierre, alors âgé de huit ans.

Etienne Bathory appartenait, quoique à un degré éloigné, mais authentiquement, à la lignée de ces princes magyars, qui, au seizième siècle, occupèrent le trône de Transylvanie. La famille s'était divisée et perdue en de nombreuses ramifications depuis cette époque, et l'on eût été étonné, sans doute, d'en retrouver un des derniers descendants dans un simple professeur de l'Académie de Presbourg. Quoi qu'il en fût, Étienne Bathory était un savant de premier ordre, de ceux qui vivent retirés, mais que leurs travaux rendent célèbres. *Inclusum labor illustrat*, cette devise du ver à soie aurait pu être la sienne. Un jour ses idées politiques, qu'il ne cachait point, d'ailleurs, l'obligèrent à donner sa démission, et c'est alors, qu'il vint s'installer à Trieste comme professeur libre, avec sa femme qui l'avait courageusement soutenu dans ces épreuves.

C'était dans la demeure de Ladislas Zathmar que les trois amis se réunissaient depuis l'arrivée du comte Sandorf, bien que celui-ci eût ostensiblement tenu à occuper un appartement du Palazzo Modello, — actuellement l'hôtel Delorme, sur la Piazza Grande. La police était loin de soupçonner que cette maison de l'Acquedotto fût le centre d'une conspiration, qui comptait de nombreux partisans dans les principales villes du royaume.

Ladislas Zathmar et Étienne Bathory s'étaient faits, sans hésiter, les plus dévoués auxiliaires de Mathias Sandorf. Ils avaient reconnu, comme lui, que les circonstances se prêtaient à un mouvement, qui pouvait replacer la Hongrie au rang qu'elle ambitionnait en Europe. A cela, ils risquaient leur vie, ils le savaient, mais cela n'était pas pour les arrêter. La maison de l'Acquedotto devint donc le rendez-vous des principaux chefs de la conspiration.

Nombre de partisans, mandés des divers points du royaume, y vinrent prendre des mesures et recevoir des ordres. Un service de pigeons voyageurs, porteurs de billets, établissait une communication rapide et sûre entre Trieste, les principales villes du pays hongrois et la Transylvanie, lorsqu'il s'agissait d'instructions qui ne pouvaient être confiées ni à la poste ni au télégraphe. Bref, toutes les précautions étaient si bien prises, que les conspirateurs avaient pu jusqu'alors se mettre à l'abri du plus léger soupçon.

D'ailleurs, on le sait, la correspondance ne se faisait qu'en langage chiffré, et par une méthode qui, si elle exigeait le secret, donnait du moins une sécurité absolue.

Trois jours après l'arrivée du pigeon voyageur dont le billet avait été intercepté par Sarcany, le 21 mai vers huit heures du soir, Ladislas Zathmar et Étienne Bathory se trouvaient tous les deux dans le cabinet de travail, en attendant le retour de Mathias Sandorf. Ses affaires personnelles avaient récemment obligé le comte à retourner en Transylvanie et jusqu'à son château d'Artenak ; mais il avait pu profiter de ce voyage pour conférer avec ses amis de Klausenbourg, capitale de la province, et il devait revenir ce jour-même, après leur avoir communiqué le contenu de cette dépêche, dont Sarcany avait conservé le double.

Depuis le départ du comte Sandorf, d'autres correspondances avaient été échangées entre Trieste et Bude, et plusieurs billets chiffrés étaient arrivés par pigeons. En ce moment même, Ladislas Zathmar s'occupait à rétablir leur texte cryptogrammatique en texte clair, au moyen de cet appareil qui est connu sous le nom de « grille. »

En effet, ces dépêches étaient combinées d'après une très simple méthode, — celle de la transposition des lettres. Dans ce système, chaque lettre conserve sa valeur alphabétique, c'est-à-dire qu'un *b* signifie *b*, qu'un *o* signifie *o*, etc. Mais les lettres sont successivement transposées, suivant les pleins ou les vides d'une grille, qui, appliquée sur la dépêche, ne laisse apparaître les lettres que dans l'ordre où il faut les lire, en cachant les autres.

Ces grilles, d'un si vieil usage, maintenant très perfectionnées d'après le système du colonel Fleissner, paraissent encore être le meilleur procédé et le plus sûr, quand il s'agit d'obtenir un cryptogramme indéchiffrable. Dans toutes les autres méthodes par interversion, — soit systèmes à base invariable ou à simple clef, dans lesquels chaque lettre de l'alphabet est toujours représentée par une même lettre ou un même signe, — soit systèmes à base variable ou à double clef, dans lesquels on change d'alphabet à chaque lettre, — la sécurité n'est pas complète. Certains déchiffreurs exercés sont capables de faire des prodiges dans ce genre de recherches, en opérant, ou par un calcul de probabilités, ou par un travail de tâtonnements. Rien qu'en se basant sur les lettres que leur emploi plus fréquent fait répéter un plus grand nombre de fois dans le cryptogramme, — *e* dans les langues française, anglaise et allemande, *o* en espagnol, *a* en russe, *e* et *i* en italien, — ils parviennent à restituer aux lettres du texte cryptographié la signification qu'elles ont dans le texte clair. Aussi est-il peu de dépêches, établies d'après ces méthodes, qui puissent résister à leurs sagaces déductions.

Il semble donc que les grilles ou les dictionnaires chiffrés, — c'est-à-dire ceux dans lesquels certains mots usuels représentant des phrases toutes faites sont indiqués par des nombres, — doivent donner les plus parfaites garanties d'indéchiffrabilité. Mais ces deux systèmes ont un assez grave inconvénient : ils exigent un secret absolu, ou plutôt l'obligation où l'on est de ne jamais laisser tomber entre des mains étrangères les appareils ou livres qui servent à les former. En effet, sans la grille ou le dictionnaire, si l'on ne peut arriver à lire ces dépêches, tout le monde les lira, au contraire, si le dictionnaire ou la grille ont été dérobés.

C'était donc au moyen d'une grille, c'est-à-dire un découpage en carton, troué à de certaines places, que les correspondances du comte Sandorf et de ses partisans étaient composées; mais, par surcroît de précautions, au cas même où les grilles dont ses amis et lui se servaient eussent été perdues ou volées, il n'en serait résulté aucun inconvénient, car, de part et d'autre, toute dépêche, dès qu'elle avait été lue, était immédiatement détruite. Donc, il ne devait jamais rester trace de ce complot, dans lequel les plus nobles seigneurs, les magnats de la Hongrie, unis aux représentants de la bourgeoisie et du peuple, allaient jouer leur tête.

Précisément, Ladislas Zathmar venait de brûler les dernières dépêches, lorsque l'on frappa discrètement à la porte du cabinet.

C'était Borik, qui introduisait le comte Mathias Sandorf, venu à pied de la gare voisine.

Ladislas Zathmar alla aussitôt à lui :

« Votre voyage, Mathias?... demanda-t-il avec l'empressement d'un homme qui veut être rassuré tout d'abord.

— Il a réussi, Zathmar, répondit le comte Sandorf. Je ne pouvais douter des sentiments de mes amis de la Transylvanie, et nous sommes assurés de leur concours.

— Tu leur as communiqué cette dépêche qui nous est arrivée de Pesth, il y a trois jours? reprit Étienne Bathory, dont l'intimité avec le comte Sandorf allait jusqu'au tutoiement.

— Oui, Étienne, répondit Mathias Sandorf, oui, ils sont prévenus. Eux aussi sont prêts! Ils se lèveront au premier signal. En deux heures, nous serons maîtres de Bude et de Pesth, en une demi-journée des principaux comitats en deçà et au delà de la Theiss, en une journée de la Transylvanie et du gouvernement des Limites militaires. Et alors huit millions de Hongrois auront reconquis leur indépendance!

— Et la diète? demanda Bathory.

— Nos partisans y sont en majorité, répondit Mathias Sandorf. Ils formeront aussitôt le nouveau gouvernement, qui prendra la direction des affaires. Tout ira régulièrement et facilement, puisque les comitats, en ce qui concerne leur administration, dépendent à peine de la Couronne, et que leurs chefs ont la police à eux.

— Mais le conseil de la Lieutenance du royaume

que le palatin préside à Bude... reprit Ladislas
Zathmar.

— Le palatin et le conseil de Bude seront aussitôt mis dans l'impossibilité d'agir...

— Et dans l'impossibilité de correspondre avec
la chancellerie de Hongrie, à Vienne?

— Oui! toutes nos mesures sont prises pour que
la simultanéité de nos mouvements en assure le
succès.

— Le succès! reprit Etienne Bathory.

— Oui, le succès! répondit le comte Sandorf.
Dans l'armée, tout ce qui est de notre sang, du
sang hongrois, est à nous et pour nous! Quel est
le descendant des anciens Magyars, dont le cœur
ne battrait pas à la vue du drapeau des Rodolphe
et des Corvin! »

Et Mathias Sandorf prononça ces mots avec l'accent du plus noble patriotisme.

« Mais jusque-là, reprit-il, ne négligeons rien
pour écarter tout soupçon! Soyons prudents, nous
n'en serons que plus forts! — Vous n'avez rien
entendu dire de suspect à Trieste?

— Non, répondit Ladislas Zathmar. On s'y préoc-
cupe surtout des travaux que l'État fait exécuter à
Pola, et pour lesquels la plus grande partie des
ouvriers a été embauchée. »

En effet, depuis une quinzaine d'années, le gouvernement autrichien, en prévision d'une perte possible de la Vénétie, — perte qui s'est réalisée, — avait eu l'idée de fonder à Pola, à l'extrémité méridionale de la péninsule istrienne, d'immenses arsenaux et un port de guerre, pour commander tout ce fond de l'Adriatique. Malgré les protestations de Trieste, dont ce projet diminuait l'importance maritime, les travaux avaient été poursuivis avec une fiévreuse ardeur. Mathias Sandorf et ses amis pouvaient donc penser que les Triestains seraient disposés à les suivre, dans le cas où le mouvement séparatiste se propagerait jusqu'à eux.

Quoi qu'il en fût, le secret de cette conspiration en faveur de l'autonomie hongroise avait été bien gardé. Rien n'aurait pu faire soupçonner à la police que les principaux conjurés fussent alors réunis dans cette modeste maison de l'avenue d'Acquedotto.

Ainsi donc, pour la réussite de cette entreprise, il semblait que tout eût été prévu, et qu'il n'y avait plus qu'à attendre le moment précis pour agir. La correspondance chiffrée, échangée entre Trieste et les principales villes de la Hongrie et de la Transylvanie, allait devenir très rare ou même nulle, à moins d'événements improbables. Les oiseaux voyageurs n'auraient plus aucune dépêche à porter désormais, puisque les dernières mesures avaient été arrêtées. Aussi, par excès de précaution, avait-on pris le parti de leur fermer le refuge de la maison de Ladislas Zathmar.

Il faut ajouter, d'autre part, que si l'argent est le nerf de la guerre, il est aussi celui des conspirations. Il importe qu'il ne manque pas aux conspirateurs, à l'heure du soulèvement. En cette occasion, il ne devait pas leur faire défaut.

On le sait, si Ladislas Zathmar et Etienne Bathory pouvaient sacrifier leur existence pour l'indépendance de leur pays, ils ne pouvaient lui sacrifier leur fortune, puisqu'ils n'avaient que de très faibles ressources personnelles. Mais le comte Sandorf était immensément riche, et avec sa vie, il était prêt à mettre toute sa fortune en jeu pour les besoins de sa cause. Aussi, depuis quelques mois, par l'entremise de son intendant Lendeck, en empruntant sur ses terres, avait-il pu réaliser une somme considérable, — plus de deux millions de florins [1].

Mais il fallait que cette somme fût toujours tenue à sa disposition et qu'il pût la toucher d'un jour à l'autre. C'est pourquoi elle avait été déposée, en son nom, dans une maison de banque de Trieste,

1. Environ 5 millions de francs.

dont l'honorabilité était jusqu'alors sans conteste et la sodilité à toute épreuve. C'était cette maison Toronthal, de laquelle Sarcany et Zirone avaient précisément parlé pendant leur halte au cimetière de la haute ville.

Or, cette circonstance toute fortuite allait avoir les plus graves conséquences, ainsi qu'on le verra dans la suite de cette histoire.

A propos de cet argent, dont il fut un instant question au cours de leur dernier entretien, Mathias Sandorf dit au comte Zathmar et à Étienne Bathory que son intention était de rendre très prochainement visite au banquier Silas Toronthal, afin de le prévenir qu'il eût à tenir ses fonds à sa disposition dans le plus bref délai.

En effet, les événements devaient bientôt engager le comte Sandorf à donner le signal attendu de Trieste, — d'autant plus que, ce soir-là même, il put croire que la maison de Ladislas Zathmar était l'objet d'une surveillance bien faite pour l'inquiéter.

Vers les huit heures, lorsque le comte Sandorf et Etienne Bathory sortirent, l'un pour regagner sa demeure de la Corsia Stadion, l'autre pour retourner à l'hôtel Delorme, ils crurent remarquer que deux hommes les épiaient dans l'ombre, les suivaient à quelque distance et manœuvraient de manière à n'être point vus.

Mathias Sandorf et son compagnon, voulant savoir à quoi s'en tenir, n'hésitèrent pas à marcher sur ces personnages à bon droit suspects; mais ceux-ci les aperçurent et disparurent au coin de l'église Sant'Antonio, à l'extrémité du grand canal, avant qu'il eût été possible de les rejoindre.

III

LA MAISON TORONTHAL.

A Trieste, la « société » est presque nulle. Entre races différentes comme entre castes diverses, on se voit peu. Les fonctionnaires autrichiens ont la prétention d'occuper le premier rang, à quelque degré de la hiérarchie administrative qu'ils appartiennent. Ce sont, en général, des hommes distingués, instruits, bienveillants ; mais leur traitement est maigre, inférieur à leur situation, et ils ne peuvent lutter avec les négociants ou gens de finance. Ceux-ci, puisque les réceptions sont rares dans les familles riches, et que les réunions officielles font presque toujours défaut, sont donc obligés de se rejeter sur le luxe extérieur, — dans les rues de la ville, par la somptuosité de leurs équipages, — au théâtre, par l'opulence des toilettes et la profusion des diamants que leurs femmes exhibent dans les loges du Teatro Communale ou de l'Armonia.

Entre toutes ces opulentes familles, on citait à cette époque celle du banquier Silas Toronthal.

Le chef de cette maison, dont le crédit s'étendait bien au delà du royaume austro-hongrois, était alors âgé de trente-sept ans. Il occupait avec Mme Toronthal, plus jeune que lui de quelques années, un hôtel de l'avenue d'Acquedotto.

Silas Toronthal passait pour être très riche, et il devait l'être. De hardies et heureuses spéculations de Bourse, un large courant d'affaires avec la Société du Lloyd autrichien et autres maisons considérables, d'importants emprunts dont l'émission lui avait été confiée, ne pouvaient avoir amené que beaucoup d'argent dans ses caisses. De là, un grand train de maison, qui le mettait très en évidence.

Cependant, ainsi que l'avait dit Sarcany à Zirone, il était possible que les affaires de Silas Toronthal fussent alors quelque peu embarrassées, — du moins momentanément. Qu'il eût reçu, sept ans avant, le contre-coup du trouble apporté dans la Banque et à la Bourse par la guerre franco-italienne, puis, plus récemment, par cette campagne que termina le désastre de Sadowa, que la baisse des fonds publics, à cette époque, sur les principales places de l'Europe et plus particulièrement celles du royaume austro-hongrois, Vienne, Pesth, Trieste, l'eussent sérieusement éprouvé, cela devait être. Alors, sans doute, l'obligation de rembourser les sommes, déposées chez lui en comptes courants, lui eût créé de graves embarras. Mais il s'était certainement relevé après cette crise, et, si ce qu'avait dit Sarcany était vrai, il fallait que de nouvelles spéculations trop hasardeuses eussent récemment compromis la solidité de sa maison.

Et, en effet, depuis quelques mois, Silas Toronthal, — moralement du moins, — avait beaucoup changé. Si maître qu'il fût de lui-même, sa physionomie s'était modifiée à son insu. Il n'était plus comme autrefois maître de lui. Des observateurs eussent remarqué qu'il n'osait regarder les gens en face, ainsi qu'il avait l'habitude de le faire, mais plutôt d'un œil oblique et à demi fermé. Ces symptômes n'avaient pu échapper même à Mme Toronthal, femme maladive, sans grande énergie, absolument soumise, d'ailleurs, aux volontés de son mari, et qui ne connaissait que très superficiellement ses affaires.

Or, si quelque coup funeste menaçait sa maison

de banque, il faut bien l'avouer, Silas Toronthal ne devait pas s'attendre à bénéficier de la sympathie publique. Qu'il eût de nombreux clients dans la ville, dans le pays, soit, mais, en réalité, il y comptait peu d'amis. Le haut sentiment qu'il avait de sa position, sa vanité native, l'air de supériorité qu'il prenait avec tous et affectait en toutes choses, cela n'était pas fait pour attirer à lui en dehors des relations d'affaires. D'ailleurs, les Triestains le tenaient pour un étranger, puisqu'il était originaire de Raguse, c'est-à-dire Dalmate de naissance. Aucuns liens de famille ne le rattachaient donc à cette ville, dans laquelle il était venu, il y a quelque quinze ans, jeter les fondements de sa fortune.

Telle était alors la situation de la maison Toronthal. Cependant, bien que Sarcany eût certains soupçons à cet égard, rien encore ne permettait de confirmer le bruit que les affaires du riche banquier fussent sérieusement embarrassées. Son crédit n'avait reçu aucune atteinte, ouvertement du moins. Aussi le comte Mathias Sandorf, après avoir réalisé ses fonds, n'avait-il pas hésité à lui confier une somme très considérable, — somme qui devait toujours être tenue à sa disposition, à la condition d'en donner avis vingt-quatre heures d'avance.

Peut-être s'étonnera-t-on que des rapports quel-

conques eussent pu s'établir entre cette maison de
banque, notée parmi les plus honorables, et un personnage tel que Sarcany. Il en était ainsi, pourtant, et ces rapports remontaient à deux ou trois
ans déjà.

A cette époque, Silas Toronthal avait eu à traiter
des affaires assez importantes avec la régence de
Tripoli. Sarcany, sorte de courtier à toutes mains,
très entendu dans les questions de chiffres, parvint
à s'entremettre dans ces opérations, lesquelles, il
faut bien le dire, ne laissaient pas d'être d'une nature
assez suspecte. Il y avait eu là des questions ina-
vouables de pots de vin, de commissions douteuses, de prélèvements peu honnêtes, dans lesquelles
le banquier de Trieste n'avait pas voulu paraître en
personne. Ce fut en ces circonstances que Sarcany
devint l'agent de ces combinaisons véreuses, et
rendit encore quelques autres services de ce genre
à Silas Toronthal. De là, une occasion toute natu
relle de mettre un pied dans la maison de banque.
C'est plutôt la main qu'il convient de dire. Et, en
effet, Sarcany, après avoir quitté la Tripolitaine, ne
cessa de pratiquer une sorte de chantage vis-à-vis
du banquier de Trieste. Non pas que Silas Toronthal fût absolument à sa merci. De ces opérations
compromettantes il n'y avait aucune preuve maté-

rielle. Mais la situation d'un banquier est délicate.
Rien qu'un mot peut lui faire bien du mal. Or, Sarcany en savait assez pour qu'il fallût compter avec
lui.

Silas Toronthal compta donc. Il lui en coûta même
des sommes assez importantes, qui furent lestement
dissipées, plus particulièrement dans les tripots,
avec ce sans-gêne d'un aventurier qui ne se préoc-
cupe pas de l'avenir. Sarcany, après l'avoir relancé
jusqu'à Trieste, ne tarda pas à devenir si importun, si
exigeant, que le banquier finit par se lasser et lui
ferma tout crédit. Sarcany menaça. Silas Toronthal
tint bon. Et il eut raison en cela, puisque le « maître
chanteur » dut enfin s'avouer que, faute de preuves
directes, il était désarmé ou à peu près.

Voilà pourquoi, depuis quelque temps, Sarcany
et son honnête compagnon Zirone se trouvaient à
bout de ressources, n'ayant pas même de quoi
quitter la ville pour aller chercher fortune ailleurs.
Mais on sait aussi que, dans le but de s'en débar-
rasser définitivement, Silas Toronthal venait de leur
faire parvenir un dernier secours. Cette somme devait
leur permettre d'abandonner Trieste pour retourner
en Sicile, où Zirone était affilié à une association
redoutable, qui exploitait les provinces de l'est et
du centre. Le banquier pouvait donc espérer qu'il

ne reverrait jamais son courtier de la Tripolitaine, qu'il n'entendrait même plus parler de lui. En cela, il se trompait, comme en bien d'autres choses.

C'était dans la soirée du 18 mai que les deux cents florins, envoyés par Silas Toronthal avec le petit mot qui accompagnait cet argent, avaient été adressés à l'hôtel où demeuraient les deux aventuriers.

Six jours après, le 24 du même mois, Sarcany se présentait à la maison de banque, il demandait à parler à Silas Toronthal, et telle fut son insistance que celui-ci dut consentir à le recevoir.

Le banquier était dans son bureau, dont Sarcany referma soigneusement la porte, dès qu'il y eut été introduit.

« Vous encore! s'écria tout d'abord Silas Toronthal. Que venez-vous faire ici? Je vous ai envoyé, et pour la dernière fois, une somme qui doit vous suffire à quitter Trieste! Vous n'aurez plus jamais rien de moi, quoi que vous puissiez dire, quoi que vous puissiez faire! Pourquoi n'êtes-vous pas parti? Je vous préviens que je prendrai des mesures pour empêcher vos obsessions à l'avenir! — Que me voulez-vous? »

Sarcany avait très froidement reçu cette bordée à laquelle il était préparé. Son attitude n'était même plus celle qu'il prenait d'ordinaire, insolente et provocante, pendant ses dernières visites à la maison du banquier.

Non seulement il était parfaitement maître de lui-même, mais aussi très sérieux. Il venait d'approcher une chaise, sans qu'il eût été invité à s'asseoir; puis, il attendit que la mauvaise humeur du banquier se fût dépensée en bruyantes récriminations, pour lui répondre.

« Eh bien parlerez-vous ? reprit Silas Toronthal, qui, après quelques allées et venues dans son cabinet, venait de s'asseoir à son tour, mais sans parvenir à se maîtriser.

— J'attends que vous soyez plus calme, répondit tranquillement Sarcany, et j'attendrai tout le temps qu'il faudra.

— Que je sois calme ou non, peu importe ! Pour la dernière fois, que me voulez-vous ?

— Silas Toronthal, répondit Sarcany, il s'agit d'une affaire que j'ai à vous proposer.

— Je ne veux pas parler d'affaires avec vous, ni ne veux en traiter aucune ! s'écria le banquier. Il n'y a plus rien de commun entre vous et moi, et j'entends que vous quittiez Trieste aujourd'hui même, à l'instant, pour n'y jamais revenir !

— Je compte quitter Trieste, répondit Sarcany,

mais je ne veux pas partir, avant de m'être acquitté
envers votre maison !

— Vous acquitter?... Vous?... En me remboursant?

— En vous remboursant intérêt, capital, sans
compter une part dans les bénéfices de... »

Silas Toronthal haussa les épaules à cette proposition si inattendue, venant de Sarcany.

« Les sommes que je vous ai avancées, reprit-il,
sont passées par profits et pertes ! Je vous tiens
quitte, je ne vous réclame rien et suis au-dessus
de pareilles misères !

— Et s'il me plaît de ne pas rester votre débiteur!

— Et s'il me plaît de rester votre créancier ! »

Cela dit, Silas Toronthal et Sarcany se regardèrent en face. Puis, Sarcany, haussant les épaules à
son tour :

« Des phrases, tout cela, rien que des phrases!
reprit-il. Je vous le répète, je viens vous proposer
une très sérieuse affaire.

— Aussi véreuse que sérieuse, sans doute?

— Eh ! ce ne serait pas la première fois que vous
auriez eu recours à moi pour traiter...

— Des mots, tout cela, rien que des mots ! répondit le banquier, en envoyant une riposte à l'insolente observation de Sarcany.

— Écoutez-moi, dit Sarcany, je serai bref.

— Et vous ferez bien.

— Si ce que j'ai à vous proposer ne vous convient pas, nous n'en parlerons plus, et je m'en irai !

— D'ici ou de Trieste ?

— D'ici et de Trieste !

— Dès demain ?

— Dès ce soir !

— Parlez donc !

— Voici ce dont il s'agit, dit Sarcany. Mais, ajouta-t-il en se retournant, vous êtes sûr que personne ne peut nous entendre ?

— Vous tenez donc bien à ce que notre entretien soit secret ? répondit ironiquement le banquier.

— Oui, Silas Toronthal, car vous et moi nous allons tenir dans nos mains la vie de hauts personnages !

— Vous, peut-être ! Moi, non !

— Jugez-en ! Je suis sur la piste d'une conspiration. Quel est son but, je ne le sais encore. Mais, depuis la partie qui s'est jouée au milieu des plaines de la Lombardie, depuis l'affaire de Sadowa, tout ce qui n'est pas Autrichien peut avoir beau jeu contre l'Autriche. Or, j'ai quelque raison de penser qu'un mouvement se prépare, sans doute en faveur de la Hongrie, et dont nous pourrions profiter ! »

Silas Toronthal, pour toute réponse, se contenta de répondre d'un ton railleur :

« Je n'ai rien à tirer d'une conspiration...

— Si, peut-être !

— Et comment ?

— En la dénonçant !

— Voyons, expliquez-vous !

— Écoutez donc, » reprit Sarcany.

Et il fit au banquier le récit de ce qui s'était passé au vieux cimetière de Trieste, comment il avait pu s'emparer d'un pigeon voyageur, la manière dont un billet chiffré — il en avait gardé le fac simile, — était tombé entre ses mains, de quelle façon il avait reconnu la maison du destinataire de ce billet. Il ajouta que depuis cinq jours, Zirone et lui s'étaient mis à épier tout ce qui se passait, sinon à l'intérieur, du moins à l'extérieur de cette maison. Quelques personnes s'y réunissaient le soir, toujours les mêmes, et n'y entraient pas sans grandes précautions. D'autres pigeons en étaient partis, d'autres y étaient arrivés, les uns allant vers le nord, les autres en venant. La porte de cette demeure était gardée par un vieux domestique, qui ne l'ouvrait pas volontiers et en surveillait soigneusement l'approche. Sarcany et son compagnon avaient même dû agir avec une certaine circonspection pour ne pas éveiller l'attention de cet homme. Et encore craignaient-ils d'avoir provoqué ses soupçons depuis quelques jours.

Silas Toronthal commençait à écouter plus attentivement le récit que lui faisait Sarcany. Il se demandait ce qu'il pouvait y avoir de vrai dans tout cela, son ancien courtier étant sujet à caution, et, en fin de compte, de quelle façon celui-ci entendait qu'il pût s'intéresser à cette affaire pour en retirer un gain quelconque.

Lorsque le recit eut été achevé, lorsque Sarcany eut une dernière fois affirmé qu'il s'agissait là d'une conspiration contre l'État, dont il serait avantageux d'utiliser les secrets, le banquier se contenta de poser les questions suivantes :

« Où est cette maison ?

— Au numéro 89 de l'avenue d'Acquedotto.

— Et à qui appartient-elle ?

— A un seigneur hongrois.

— Comment se nomme ce seigneur ?

— Le comte Ladislas Zathmar.

— Et quelles sont les personnes qui le visitent ?

— Deux principalement, toutes deux d'origine hongroise.

— L'une est ? ..

— Un professeur de cette ville, qui s'appelle Étienne Bathory.

4

— Et l'autre?

— Le comte Mathias Sandorf! »

A ce nom, Silas Toronthal fit un léger mouvement de surprise, qui n'échappa point à Sarcany.
Quant à ces trois noms qu'il venait de prononcer, il
lui avait été facile de les connaître, en suivant
Étienne Bathory, lorsqu'il revenait à sa maison de
la Corsia Stadion, et le comte Sandorf, lorsqu'il
rentrait à l'hôtel Delorme.

« Vous le voyez, Silas Toronthal, reprit Sarcany,
voilà des noms que je n'ai pas hésité à vous livrer.
Vous reconnaîtrez donc que je ne cherche pas à
jouer au fin avec vous !

— Tout cela est bien vague ! répondit le banquier,
qui voulait évidemment en savoir davantage avant
de s'engager.

— Vague? dit Sarcany.

— Eh! sans doute! Vous n'avez pas même un
commencement de preuve matérielle !

— Et ceci? »

La copie du billet était alors entre les mains de
Silas Toronthal. Le banquier l'examinait, non sans
curiosité. Mais ces mots cryptographiés ne pouvaient lui présenter aucun sens, et rien ne prouvait qu'ils eussent cette importance que Sarcany
prétendait leur attribuer. Si cette affaire était de

nature à l'intéresser, cela tenait, surtout, à ce qu'elle se rapportait au comte Sandorf, son client, dont la situation vis-à-vis de lui ne laissait pas de l'inquiéter, au cas où il exigerait un remboursement immédiat des fonds déposés dans sa maison.

« Eh bien, dit-il enfin, mon opinion est que c'est toujours de plus en plus vague !

— Rien ne me paraît plus net, au contraire, répondit Sarcany, que l'attitude du banquier ne démontait nullement.

— Avez-vous pu déchiffrer ce billet ?

— Non, Silas Toronthal, mais je saurai le déchiffrer, quand le temps en sera venu !

— Et comment ?

— J'ai été mêlé déjà à des affaires de ce genre, comme à bien d'autres, répondit Sarcany, et je ne suis pas sans avoir eu entre les mains bon nombre de dépêches chiffrées. Or, de l'examen approfondi de celle-ci, il résulte pour moi que sa clef ne repose ni sur un nombre, ni sur un alphabet conventionnel, qui attribuerait à chacune des lettres une autre signification que sa signification réelle. Oui ! dans ce billet un *s* est un *s*, un *p* est un *p*, mais ces lettres ont été disposées dans un ordre, qui ne peut être reconstitué qu'au moyen d'une grille ! »

On sait que Sarcany ne se trompait pas. C'était

le système qui avait été employé pour cette correspondance. On sait aussi qu'elle n'en était que plus indéchiffrable.

« Soit, dit le banquier, je ne le nie pas, vous pouvez avoir raison ; mais, sans la grille, il est impossible de lire le billet.

— Évidemment.

–– Et comment vous procurerez-vous cette grille ?

— Je ne le sais pas encore, répondit Sarcany, mais, soyez-en sûr, je me la procurerai !

— Vraiment ! Eh bien, à votre place, Sarcany, je ne me donnerais pas tant de peine !

— Je me donnerai la peine qu'il faudra.

— A quoi bon ? Je me contenterais d'aller dire à la police de Trieste ce que je soupçonne, en lui portant ce billet.

— Je le dirai, Silas Toronthal, mais non sur de simples présomptions, répondit froidement Sarcany. Ce que je veux, avant de parler, ce sont des preuves matérielles et, par conséquent, indiscutables ! J'entends devenir maître de cette conspiration, oui ! maître absolu, pour en tirer tous les avantages que je vous offre de partager ! Eh ! qui sait même, s'il ne sera pas plus profitable de se ranger du côté des conspirateurs, au lieu de prendre parti contre eux ! »

Un tel langage ne pouvait étonner Silas Toronthal. Il savait de quoi Sarcany, intelligent et pervers, était capable. Mais si cet homme n'hésitait pas à parler de la sorte devant le banquier de Trieste, c'est qu'il savait, à son tour, qu'on pouvait tout proposer à Silas Toronthal, dont l'élastique conscience s'accommodait de n'importe quelles affaires. D'ailleurs, on ne saurait trop le répéter, Sarcany le connaissait de longue date, et il avait, en outre, des raisons de croire que la situation de la maison de banque était embarrassée depuis quelque temps. Or, le secret de cette conspiration, surpris, livré, utilisé, ne pouvait-il lui permettre de relever ses affaires? C'est là dessus que tablait Sarcany.

De son côté, Silas Toronthal, en ce moment, cherchait à jouer serré avec son ancien courtier de la Tripolitaine. Qu'il y eût en germe quelque conspiration contre le gouvernement autrichien, dont Sarcany avait découvert les auteurs, il n'était pas éloigné de l'admettre. Cette maison de Ladislas Zathmar, dans laquelle se tenaient de secrets conciliabules, cette correspondance chiffrée, la somme énorme déposée chez lui par le comte Sandorf et qui devait toujours être tenue à sa disposition, tout cela commençait à lui paraître fort suspect. Très probablement, Sarcany avait vu juste en ces

4.

circonstances. Mais le banquier, désireux d'en apprendre davantage, de connaître le fond de son jeu, ne voulait pas encore se rendre. Aussi, se contenta-t-il de répondre d'un air indifférent :

« Et puis, lorsque vous serez parvenu à déchiffrer ce billet, — si vous y parvenez, — vous verrez qu'il ne s'agit que d'affaires purement privées, sans aucune importance, et, par conséquent, dont il n'y aura aucun profit à tirer pour vous... ni pour moi !

— Non ! s'écria Sarcany, avec l'accent de la plus profonde conviction, non ! Je suis sur les traces d'une conspiration des plus graves, conduite par des hommes de haut rang, et j'ajoute, Silas Toronthal, que vous n'en doutez pas plus que moi !

— Enfin, que me voulez-vous ? » demanda le banquier, cette fois, très nettement.

Sarcany se leva et répondit d'une voix un peu plus basse, mais en regardant le banquier dans les yeux :

« Ce que je veux, — et il insista sur ce mot, — le voici : Je veux avoir accès le plutôt possible dans la maison du comte Zathmar, sous un prétexte à trouver, puis gagner sa confiance. Une fois dans la place, où personne ne me connaît, je saurai bien m'emparer de la grille et déchiffrer cette dépêche, dont je ferai usage pour le mieux de nos intérêts !

« — De nos intérêts? répéta Silas Toronthal. Pourquoi tenez-vous à me mêler à cette affaire?

— Parce qu'elle en vaut la peine, et que vous en retirerez un grand bénéfice !

— Eh! que ne la faites-vous seul?

— Non! J'ai besoin de votre concours!

— Expliquez-vous donc enfin!

— Pour arriver à mon but, il me faut du temps, et pour attendre, il me faut de l'argent. Or, je n'en ai plus!

— Votre crédit chez moi est épuisé, vous le savez!

— Soit! Vous m'en ouvrirez un autre!

— Et qu'y gagnerai-je?

— Ceci : Des trois hommes que je vous ai nommés, deux sont sans fortune, le comte Zathmar et le professeur Bathory, mais le troisième est riche, extrêmement. Les biens qu'il possède en Transylvanie sont considérables. Or, vous n'ignorez pas que, s'il est arrêté comme conspirateur, et condamné, ses biens confisqués iront pour la plus grande part à ceux qui auront découvert et dénoncé la conspiration!... Vous et moi, Silas Toronthal, nous partagerons! »

Sarcany se tut. Le banquier ne répondait pas. Il réfléchissait à ce qu'on lui demandait comme entrée de jeu. D'ailleurs, ce n'était point un homme à se compromettre personnellement dans une affaire de cette nature; mais il sentait que son agent, lui, serait homme à le faire pour tous les deux. S'il se décidait à prendre sa part de cette machination, il saurait bien le lier par un traité qui le mettrait à sa merci, tout en lui permettant de rester dans l'ombre... Il hésita, pourtant. Bon! à tout prendre, que risquait-il? Il ne paraîtrait pas dans cette odieuse affaire, et il en recueillerait les bénéfices, — bénéfices énormes, qui pouvaient rétablir la situation de sa maison de banque...

« Eh bien?... demanda Sarcany.

--- Eh bien, non! répondit Silas Toronthal, effrayé surtout d'avoir un tel associé, ou, car le mot est plus juste, un tel complice.

— Vous refusez?

— Oui!... Je refuse!... Au surplus, je ne crois pas au succès de vos combinaisons!

— Prenez garde, Silas Toronthal, s'écria Sarcany d'un ton menaçant, sans se contraindre, cette fois.

— Prendre garde! Et à quoi, s'il vous plaît?

— A ce que je sais de certaines affaires...

-- Sortez, Sarcany! répondit Silas Toronthal.

--- Je saurai bien vous forcer...

— Sortez! »

En ce moment, un léger coup fut frappé à la

porte du bureau. Pendant que Sarcany se rangeait vivement du côté de la fenêtre, la porte s'était ouverte, et un huissier disait à haute voix :

« Monsieur le comte Sandorf prie monsieur Toronthal de vouloir bien le recevoir. »

Puis il se retirait.

« Le comte Sandorf? » s'écria Sarcany.

Le banquier, d'une part, ne put être que fort contrarié de voir Sarcany instruit de cette visite. De l'autre, il pressentit que de grands embarras allaient résulter pour lui de l'arrivée si inattendue du comte.

« Eh ! que vient faire ici le comte Sandorf ? demanda Sarcany d'un ton assez ironique. Vous avez donc des relations avec les conspirateurs de la maison Zathmar ? En vérité, je me suis peut-être adressé à un des leurs !

— Sortirez-vous, enfin ?

— Je ne sortirai pas, Silas Toronthal, et je saurai pourquoi le comte Sandorf se présente à votre maison de banque ! »

Ces mots prononcés, Sarcany se jeta dans un cabinet, attenant au bureau, dont la portière retomba après lui.

Silas Toronthal fut sur le point d'appeler, afin de le faire expulser, mais il se ravisa :

« Non, murmura-t-il, mieux vaut, après tout, que Sarcany entende ce qui va se dire ici ! »

Le banquier sonna l'huissier et donna l'ordre d'introduire immédiatement le comte Sandorf.

Mathias Sandorf entra dans le cabinet, répondit froidement, ainsi que cela était dans son caractère, aux empressements de Silas Toronthal. Puis, il s'assit dans un fauteuil que l'huissier venait de lui avancer.

« Monsieur le comte, dit le banquier, je ne m'attendais pas à votre visite, ne vous sachant pas à Trieste ; mais la maison Toronthal est toujours honorée de vous recevoir.

— Monsieur, répondit Mathias Sandorf, je ne suis que l'un de vos moindres clients, et je ne fais point d'affaires, vous le savez. Cependant, j'ai toujours à vous remercier d'avoir bien voulu prendre en dépôt les quelques fonds que j'avais de disponibles en ce moment.

— Monsieur le comte, reprit Silas Toronthal, je vous rappelle que ces fonds sont en compte courant chez moi, et je vous prie de ne point oublier qu'il vous rapportent intérêt.

— Je le sais, monsieur... répondit le comte Sandorf ; mais, je vous le répète, ce n'est point un placement que j'ai voulu faire dans votre maison, ce n'est qu'un simple dépôt.

— Soit, monsieur le comte, répondit Silas Toronthal. Cependant, l'argent est cher, en ce moment,
et il ne serait que juste que le vôtre ne restât
pas improductif. Une crise financière menace de
s'étendre sur le pays tout entier. La situation est
très difficile à l'intérieur. Les affaires sont paraly
sées. Quelques faillites de maisons importantes
ont ébranlé le crédit public, et d'autres sont encore
à craindre...

— Mais votre maison est solide, monsieur, dit
Mathias Sandorf, et je sais, de bonne source, qu'elle
n'a été que très peu éprouvée par le contre-coup de
ces faillites?

— Oh! très peu, répondit Silas Toronthal avec
le plus grand calme. Le commerce de l'Adriatique
nous assure, d'ailleurs, un courant d'affaires maritimes qui manque aux maisons de Pesth ou de
Vienne, et nous n'avons été que très légèrement
touchés par la crise. Nous ne sommes donc pas à
plaindre, monsieur le comte, et nous ne nous plai-
gnons pas.

— Je ne peux que vous en féliciter, monsieur,
répondit Mathias Sandorf. Toutefois, je vous deman-
derai si, à propos de cette crise, on n'a pas parlé de
quelques complications à l'intérieur? »

Bien que le comte Sandorf eut fait cette question

sans paraître y attacher la moindre importance, Silas Toronthal l'observa avec un peu plus d'attention. Cela pouvait, en effet, se rapporter à ce que venait de lui apprendre Sarcany.

« Je ne sais rien à cet égard, répondit le banquier, et je n'ai point entendu dire que le gouvernement autrichien eût quelque appréhension à ce sujet. Est-ce que vous, monsieur le comte, vous auriez raison de penser que quelque événement prochain...

— Aucunement, répondit Mathias Sandorf; mais, dans la haute banque, on est quelquefois informé de choses que le public ne connaît que plus tard. Voilà pourquoi je vous avais posé cette question, tout en laissant à votre convenance d'y répondre ou non.

— Je n'ai rien entendu dire dans ce sens, répliqua Silas Toronthal, et, d'ailleurs, avec un client tel que vous, monsieur le comte, je ne me croirais pas le droit de me renfermer dans une discrétion, dont ses intérêts pourraient avoir à souffrir!

— Je vous en remercie, monsieur, répondit le comte Sandorf, et je pense, comme vous, qu'il n'y a rien à craindre à l'intérieur ni à l'extérieur. Aussi vais-je bientôt quitter Trieste pour retourner en Transylvanie, où m'appellent des affaires urgentes.

—Ah! vous partez, monsieur le comte? demanda vivement Silas Toronthal.

— Oui... dans une quinzaine de jours, au plus tard.

— Et vous reviendrez sans doute à Trieste?

— Je ne le crois pas, monsieur, répondit le comte Sandorf. Mais, avant de partir, je voudrais mettre en règle toute la comptabilité du château d'Artenak, qui est en souffrance. J'ai reçu de mon intendant quantité de notes, fermages, revenus de forêts, que je n'ai guère le temps de vérifier. Ne connaîtriez-vous pas un comptable, ou ne pourriez-vous pas disposer d'un de vos employés, qui me rendrait ce service?

— Rien ne sera plus facile, monsieur le comte.

— Je vous en serai fort obligé.

— Et quand auriez-vous besoin de ce comptable?

— Le plus tôt possible.

— Où devrait-il se présenter?

— Chez mon ami, le comte Zathmar, dont la maison est au numéro 89 de l'avenue de l'Acquedotto.

— C'est entendu.

— Ce travail, ce sera l'affaire d'une dizaine de jours, et, mes comptes une fois réglés, je partirai pour le château d'Artenak. Je vous prierai donc de tenir disponibles les fonds que j'ai chez vous. »

Silas Toronthal, à cette demande, ne put retenir un mouvement que ne vit point le comte Sandorf.

« A quelle date voulez-vous que ces fonds vous soient remis, monsieur le comte? demanda-t-il.

— Le 8 du mois prochain.

— Ils seront à votre disposition. »

Cela dit, le comte Sandorf se leva, et le banquier le reconduisit jusqu'à la porte de l'antichambre.

Lorsque Silas Toronthal rentra dans le cabinet, il y trouva Sarcany, qui se borna à dire :

« Avant deux jours, il faut que je sois introduit dans la maison du comte Zathmar en qualité de comptable.

— Il le faut, en effet! » répondit Silas Toronthal.

IV

LE BILLET CHIFFRÉ.

Deux jours après, Sarcany était installé dans la maison de Ladislas Zathmar. Il avait été présenté par Silas Toronthal, et, sur sa présentation, accepté par le comte Sandorf. Ainsi donc, complicité bien établie du banquier et de son agent dans les machinations ourdies par eux. But : la découverte d'un secret qui pouvait coûter la vie aux chefs de la conspiration. Résultat : comme prix de leur délation, une fortune tombant, pour une part, dans la poche d'un aventurier, prêt à tout pour la remplir, et pour l'autre, dans la caisse d'un banquier, arrivé au point de ne pouvoir faire honneur à ses engagements.

Il va sans dire qu'un traité, intervenu entre Silas Toronthal et Sarcany, faisait deux portions égales des bénéfices prévus. En outre, Sarcany devait avoir à sa disposition tout l'argent nécessaire pour vivre convenablement à Trieste avec son compagnon Zirone, et pour subvenir aux dépenses que nécessiteraient ses pas et démarches. En échange et comme garantie, il avait dû remettre au banquier le fac-simile du billet, qui contenait, — il n'en doutait pas, — le secret de la conspiration.

Peut-être serait-on tenté d'accuser d'imprudence Mathias Sandorf. En de telles circonstances, introduire un étranger dans cette maison où s'agitaient des intérêts si graves, à la veille d'un complot dont le signal allait être envoyé d'un instant à l'autre, cela pourra paraître acte de rare imprudence. Mais ce n'était pas sans nécessité que le comte avait agi de la sorte.

Et d'abord, il avait un intérêt pressant à ce que ses affaires personnelles fussent mises en ordre, au moment où il allait se lancer en cette périlleuse aventure dans laquelle il risquait sa vie ou tout au moins l'exil, s'il était obligé de fuir en cas d'insuccès. D'autre part, l'introduction d'un étranger dans la maison du comte Zathmar lui paraissait être de nature à détourner les soupçons. Il avait cru voir depuis quelques jours, — et l'on sait qu'il ne se trompait pas, — certains espions rôder dans l'avenue de l'Acquedotto, espions qui n'étaient autres que Sárcany et Zirone. La police de Trieste avait-elle donc l'œil ouvert sur ses amis et lui, sur leurs agissements ? Le comte Sandorf pouvait le croire, il devait le craindre. Si le lieu de réunion des conspirateurs, jusqu'alors obstinément fermé à tous, semblait être suspect, quel meilleur moyen de dérouter les soupçons que de l'ouvrir, d'y admettre un commis qui ne s'y occuperait que de comptabilité ? Quant à la présence de ce commis, pourrait-elle être un danger pour Ladislas Zathmar et ses hôtes ? Non, en aucun cas. Il n'y avait plus échange de correspondances chiffrées entre Trieste et autres villes du royaume hongrois. Tous les papiers relatifs au mouvement projeté étaient détruits. Il ne restait aucune trace écrite de la conspiration. Les mesures étaient prises, non plus à prendre. Le comte Sandorf n'avait qu'un signal à faire, lorsque le moment en serait venu. Donc, l'introduction d'un employé dans cette maison, au cas où le gouvernement aurait eu l'éveil, était plutôt de nature à écarter tout soupçon.

Oui, sans doute, le raisonnement était juste, la précaution était bonne, si cet employé n'eût pas été Sarcany, si son répondant n'eût pas été Silas Toronthal!

D'ailleurs, Sarcany, passé maître en duplicité, devait bénéficier des qualités extérieures qu'il possédait, une figure ouverte, une physionomie franche, l'aspect honnête et simple de toute sa personne. Le comte Sandorf et ses deux amis ne pouvaient que s'y laisser prendre, et ils y furent pris. Le jeune comptable se montra zélé, obligeant, serviable, et très entendu en ces matières de chiffres qu'il s'agissait d'apurer. Rien, d'ailleurs, n'aurait pu lui faire soupçonner, s'il ne l'eût su, qu'il était en présence des chefs d'une conspiration, prête à soulever la race hongroise contre la race allemande. Mathias Sandorf, Étienne Bathory, Ladislas Zathmar, pendant leurs réunions, ne semblaient s'occuper que de questions d'art ou de sciences. Plus de correspondance secrète, plus d'allées et venues mystérieuses autour de la maison. Mais Sarcany savait à quoi s'en tenir. L'occasion qu'il cherchait ne pouvait manquer de se produire, et il l'attendait.

En entrant dans la maison de Ladislas Zathmar, Sarcany n'avait eu qu'un but : s'emparer de la grille, qui servait à déchiffrer les cryptogrammes. Or, maintenant qu'il n'arrivait plus aucune dépêche chiffrée à Trieste, il se demanda, si, par prudence, cette grille n'aurait pas été détruite. Cela ne laissa pas de l'inquiéter, car tout l'échafaudage de sa machination reposait sur ceci : lire le billet apporté par le pigeon voyageur, et dont il avait pris la copie.

Donc, tout en travaillant à mettre en état les comptes de Mathias Sandorf, il regardait, il observait, il épiait. L'accès du bureau où se réunissaient Ladislas Zathmar et ses compagnons ne lui était point interdit. Souvent même, il y travaillait seul. Et alors ses yeux et ses doigts s'occupaient à toute autre besogne qu'à faire des calculs ou aligner des chiffres. Il furetait dans les papiers, il ouvrait les tiroirs à l'aide d'un jeu de crochets, que Zirone, très habile à ce métier, avait fabriqués lui-même. Toutefois, il prenait bien garde d'être vu de Borik, auquel il ne semblait pas inspirer la moindre sympathie.

Pendant les cinq premiers jours, les recherches de Sarcany furent infructueuses. Il arrivait chaque matin avec l'espoir de réussir ; chaque soir, il rentrait à son hôtel, sans être arrivé à rien. C'était à faire craindre qu'il n'échouât dans sa criminelle entreprise. En effet, la conspiration, s'il s'agissait d'une conspiration, — et il ne lui était pas permis d'en douter, — pouvait éclater d'un jour à l'autre, c'est-à-dire avant qu'il ne l'eût découverte, et, par conséquent, dénoncée.

« Mais plutôt que de perdre le bénéfice d'une dénonciation, même sans preuves à l'appui, lui disait Zirone, mieux vaudrait prévenir la police et remettre la copie du billet.

— Oui ! répondit Sarcany, et je le ferai, s'il le faut ! »

Il va sans dire qu'il tenait Silas Toronthal au courant de toutes ses recherches. Et ce n'était pas sans peine qu'il parvenait à calmer les impatiences du banquier.

Le hasard devait lui venir en aide. Une première fois, il l'avait servi en faisant tomber entre ses mains le billet chiffré : une seconde fois, il allait le servir en le mettant à même de le comprendre.

On était au dernier jour du mois de mai, vers quatre heures du soir. Sarcany, suivant son habitude, allait à cinq heures quitter la maison du comte Zathmar. Il était d'autant plus désappointé d'être aussi peu avancé qu'au premier jour, que le travail dont le comte Sandorf l'avait chargé tirait à sa fin. Cette besogne achevée, il serait évidemment congédié avec remerciements et profits, mais il n'y aurait plus aucune raison pour qu'il continuât à venir dans cette demeure.

Or, à ce moment, Ladislas Zathmar et ses deux amis étaient sortis. Il n'y avait plus à la maison que

Borik, alors occupé dans une salle du rez-de-chaussée. Sarcany, ayant toute liberté pour agir, résolut de s'introduire dans la chambre du comte Zathmar, — ce qu'il n'avait pu faire jusqu'alors, — et de s'y livrer aux plus minutieuses recherches.

La porte était fermée à clef. Sarcany, avec son crochet, parvint à l'ouvrir et entra.

Entre les deux fenêtres qui donnaient sur la rue, se trouvait un bureau-secrétaire, dont l'antique forme eût ravi un amateur de vieux meubles. Le battant rabaissé ne permettait pas d'en voir la disposition intérieure.

C'était la première fois que l'occasion s'offrait à Sarcany de visiter ce meuble, et il n'était pas homme à la perdre. Pour en fouiller les divers tiroirs, il n'avait qu'à forcer le battant. C'est ce qui fut fait, le crochet aidant, sans que la serrure conservât trace de l'opération.

Au quatrième tiroir que visita Sarcany, sous des papiers dont il n'avait que faire, se trouvait une sorte de carte, trouée irrégulièrement. Cette carte attira tout de suite son attention.

« La grille ! » se dit-il.

Il ne se trompait pas.

Sa première idée fut de s'en emparer; mais, réflexion faite, il se dit que la disparition de cette

5.

grille pourrait attirer des soupçons, si le comté
Zathmar venait à s'en apercevoir.

« Bon ! se dit-il, de même que j'ai pris la copie
du billet, je vais prendre le décalque de la grille, et
Toronthal et moi, nous pourrons lire la dépêche tout
à notre aise ! »

Cette grille était un simple carré de carton, de
six centimètres de longueur par côté, et divisé en
trente-six carrés égaux, mesurant chacun un cen-
timètre environ. De ces trente-six carrés, disposés
sur six lignes horizontales et verticales, comme
ceux d'une table de Pythagore qui aurait été établie
sur six chiffres, vingt-sept étaient pleins, et neuf
étaient vides, — c'est-à-dire qu'à la place de ces
neuf carrés, la carte était découpée et ajourée en
neuf endroits.

Ce qu'il importait à Sarcany d'avoir, c'était : 1° la
dimension exacte de la grille ; 2° la disposition des
neuf carrés vides.

La dimension, il la prit au moyen d'un contour
au crayon qu'il traça sur une feuille de papier
blanc, en ayant bien soin de marquer la place où
se trouvait une petite croix faite à l'encre, laquelle
semblait indiquer le côté supérieur de la grille.

La disposition, il la releva en pointant les carrés
à jour, qui laissaient voir le papier sur lequel il

venait de tracer le contour de la carte, soit, — à la première ligne, trois vides occupant les places 2, 4, et 6; à la deuxième ligne, un vide occupant la place 5; à la troisième ligne, un vide occupant la place 3; à la quatrième ligne, deux vides occupant les places 2, et 5; à la cinquième ligne, un vide occupant la place 6; à la sixième ligne, un vide occupant la place 4.

Voici, du reste, cette grille, en grandeur naturelle, dont Sarcany allait bientôt faire un si criminel usage, de complicité avec le banquier Silas Toronthal [1].

Quelques minutes suffirent à Sarcany pour prendre le décalque ci-dessus. Au moyen de cette grille, qu'il lui serait facile de reproduire avec un morceau de carton découpé, il ne doutait pas d'arriver à déchiffrer le fac-simile du billet laissé entre les mains de Silas Toronthal. Il remit donc la grille dans le tiroir sous les papiers qui la recouvraient, il quitta la chambre de Ladislas Zathmar, puis la maison, ayant hâte de retourner à son hôtel.

Un quart d'heure après, Zirone le voyait entrer dans leur chambre commune, d'un air si triom-

---

1. Dans ce fac-simile, tous les carrés blancs sont à jour, les autres sont pleins.

phant qu'il ne put s'empêcher de s'écrier à pleine
voix :

« Eh! qu'y a-t-il donc, mon camarade? Prends
bien garde! Tu es plus habile à dissimuler tes

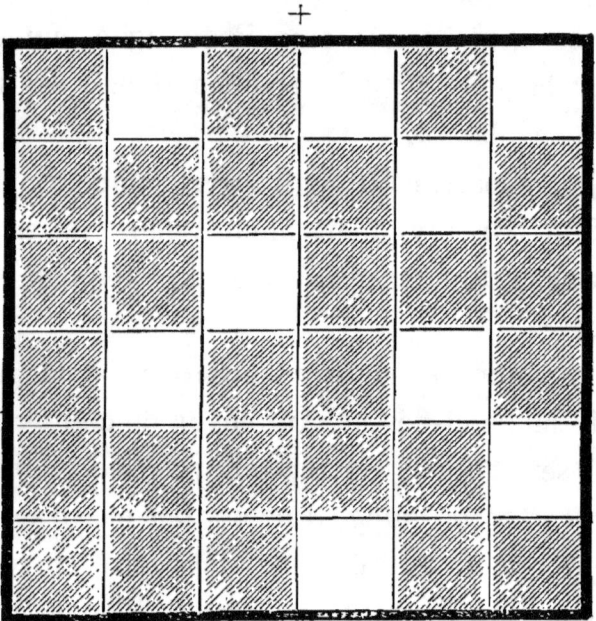

ennuis que tes joies, et l'on se trahit aussi bien en
se laissant aller...

— Trêve d'observations, Zirone, répondit Sarcany, et à l'ouvrage, sans perdre un instant !

— Avant souper?...

— Avant. »

Cela dit, Sarcany prit un morceau de carton de
mince épaisseur. Il le tailla sur son décalque, de

manière à obtenir un rectangle, qui avait exactement les dimensions de la grille, sans oublier de tracer la petite croix sur le côté supérieur. Ensuite, prenant une règle, il le divisa en trente-six carrés, tous d'égale grandeur.

Alors, de ces trente-six carrés, neuf furent marqués à la place qu'ils occupaient sur le décalque; puis, après avoir été découpés avec la pointe d'un canif, ils furent ajourés, de manière à laisser paraître dans leur vide les mots, lettres ou signes quelconques du billet sur lequel cette grille serait appliquée.

Zirone, placé en face de Sarcany, le regardait faire, l'œil grand ouvert, émerillonné de convoitise. Ce travail l'intéressait d'autant plus qu'il avait parfaitement compris le système cryptographique employé dans cette correspondance.

« C'est ingénieux disait-il, extrêmement ingénieux, et cela pourra me servir! Quand je pense que dans chacun de ces carrés vides, il peut peut-être tenir un million...

— Et plus! » répondit Sarcany.

Le travail terminé, Sarcany se leva, après avoir serré le carton découpé dans son portefeuille.

« Demain, à la première heure, je serai chez Toronthal, dit-il.

— Gare à sa caisse!

— S'il a le billet, moi, j'ai la grille!

— Et cette fois, il faudra bien qu'il se rende!

— Il se rendra!

— Alors on peut souper?

— On le peut.

— Soupons! »

Et, Zirone, toujours en appétit, fit honneur à l'excellent repas qu'il s'était commandé selon son habitude.

Le lendemain, 1er juin, dès huit heures du matin, Sarcany se présentait à la maison de banque, et Silas Toronthal donnait aussitôt l'ordre de l'introduire dans son cabinet.

« Voilà la grille, » se contenta de dire Sarcany, en remettant le carton qu'il avait découpé la veille.

Le banquier le prit, le tourna, le retourna, en hochant la tête comme s'il n'eût pas partagé la confiance de son associé.

« Essayons toujours, dit Sarcany.

— Essayons. »

Silas Toronthal prit le fac-similé du billet, qui était renfermé dans un des tiroirs de son bureau, et le plaça sur la table.

On s'en souvient, ce billet se composait de dix-huit mots, comprenant six lettres chacun, — mots

parfaitement inintelligibles, d'ailleurs. Il était évi-
dent, avant tout, que chaque lettre de ces mots
devait correspondre aux six carrés, pleins ou vides,
qui formaient chaque ligne de la grille. Par conséquent, on pouvait établir, de prime abord, que
les six premiers mots du billet, composés de trente-
six lettres, avaient été successivement obtenus au
moyen des trente-six carrés.

En effet, — et ce fut facile à constater, — la disposition des carrés vides avait été si ingénieusement combinée dans l'agencement de cette grille,
qu'en lui faisant faire quatre fois un quart de tour,
les carrés vides venaient successivement occuper la
place des carrés pleins, sans jamais se doubler en
aucun endroit.

On voit tout de suite qu'il doit en être ainsi. Par
exemple, à la première application de la grille sur
un papier blanc, si l'on inscrit les chiffres de 1 à 9
dans chaque case vide, puis après un premier quart
de tour, les nombres de 10 à 18, puis après un second
quart de tour, de 19 à 27, puis après un troisième
quart de tour, de 28 à 36, finalement, on trouvera
sur le papier les nombres de 1 à 36, occupant les
trente-six carrés qui forment les divisions de la
grille.

Sarcany fut donc naturellement amené à opérer

d'abord sur les six premiers mots du billet, avec
quatre applications successives de la grille. Il comptait ensuite recommencer cette opération sur les
six autres mots, et une troisième fois sur les six
derniers, — soit, en tout, les dix-huit mots dont se
composait le cryptogramme.

Il va sans dire que les raisonnements établis ci-
dessus avaient été présentés par Sarcany à Silas
Toronthal et que celui-ci n'avait pu qu'en appré-
cier la parfaite justesse.

La pratique allait-elle confirmer la théorie? C'était
là tout l'intérêt de l'expérience.

Voici quels étaient les dix-huit mots du billet
qu'il convient de remettre sous les yeux du lecteur :

hinalz	*zaemen*	*ruiopn*
arnuro	*trvree*	*mtqssl*
odxhnp	*estlev*	*eeuart*
aceeil	*ennios*	*noupvq*
spesdr	*erssur*	*ouitse*
eedgnc	*toeedt*	*artnee*

Tout d'abord il s'agissait de déchiffrer les six
premiers mots. Pour y arriver, Sarcany les écrivit
sur une feuille blanche, en ayant soin d'écarter les
lettres et les lignes, de manière que chaque lettre
correspondît à l'un des carrés de la grille.

Cela donna la disposition suivante :

i	h	n	a	l	z
a	r	n	u	r	o
o	d	x	h	n	p
a	e	e	e	i	l
s	p	e	s	d	r
e	e	d	g	n	c

Puis, la grille fut appliquée sur cet ensemble, de manière que le côté marqué d'une petite croix se trouvât placé en haut. Et alors les neuf cases vides laissèrent apparaître les neuf lettres suivantes, pen-

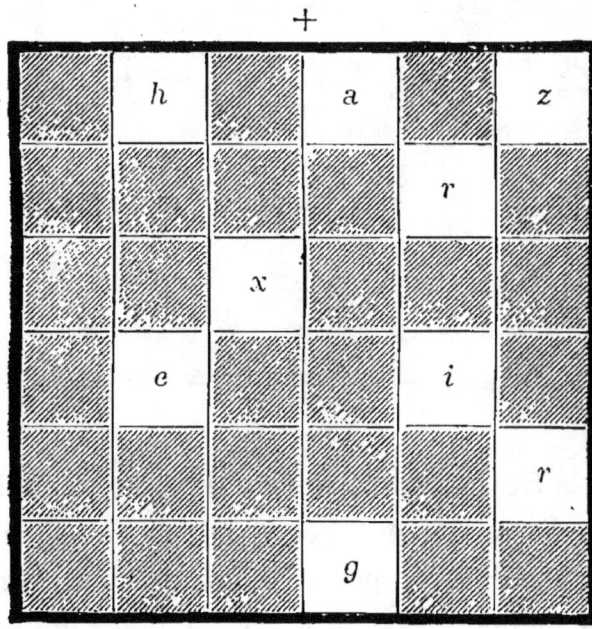

dant que les vingt-sept autres restaient cachées par les pleins du carton.

Sarcany fit alors faire un quart de tour à la grille, de gauche à droite, de façon que le côté supérieur devînt cette fois le côté latéral droit. Dans cette seconde application, ce furent les lettres suivantes, qui apparurent à travers les vides :

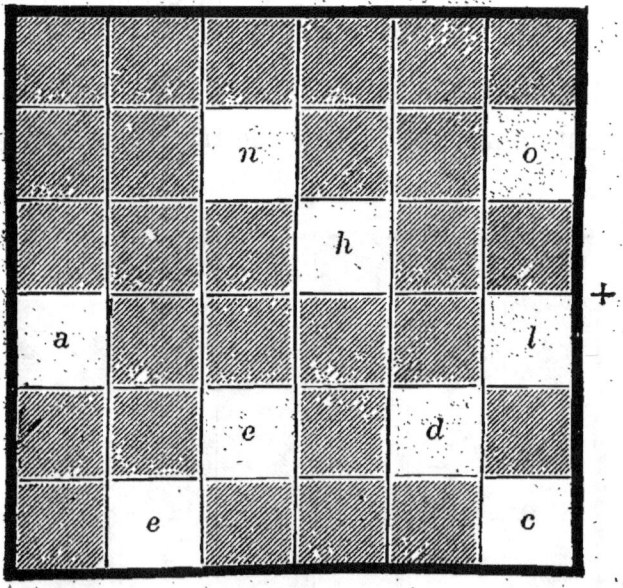

Dans la troisième application, les lettres visibles furent celles-ci, dont le relevé fut noté avec soin :

Ce qui ne laissait pas d'étonner singulièrement Silas Toronthal et Sarcany, c'est que les mots, qui se formaient au fur et à mesure, ne présentaient aucun sens. Ils s'attendaient à les lire couramment, puisqu'ils avaient dû être obtenus par les applications successives de la grille, et cependant ces

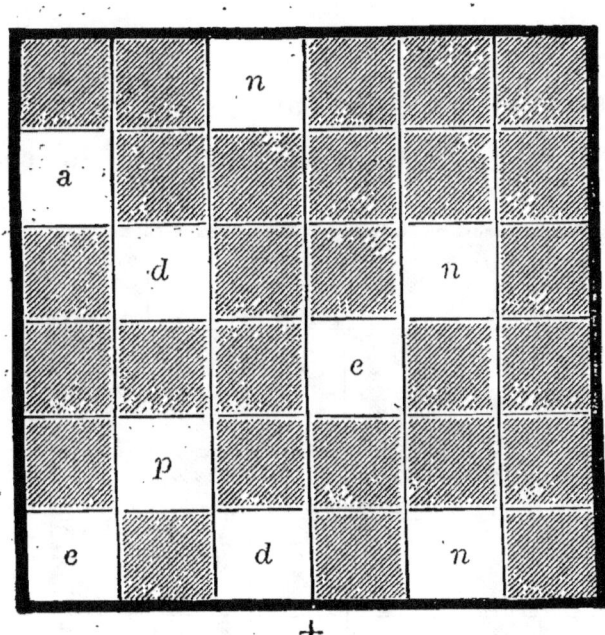

mots n'offraient pas plus de signification que ceux du billet chiffré. Le billet resterait-il donc indéchiffrable?

La quatrième application de la grille donna le résultat suivant :

Même résultat nul, même obscurité.

En effet, les quatre mots qui avaient été obtenus par les quatre applications étaient ceux-ci :

hazrxeirg
nohaledec
nadnepedn
ilruopess

ce qui ne signifiait absolument rien.

Sarcany ne put cacher la colère que lui cau-

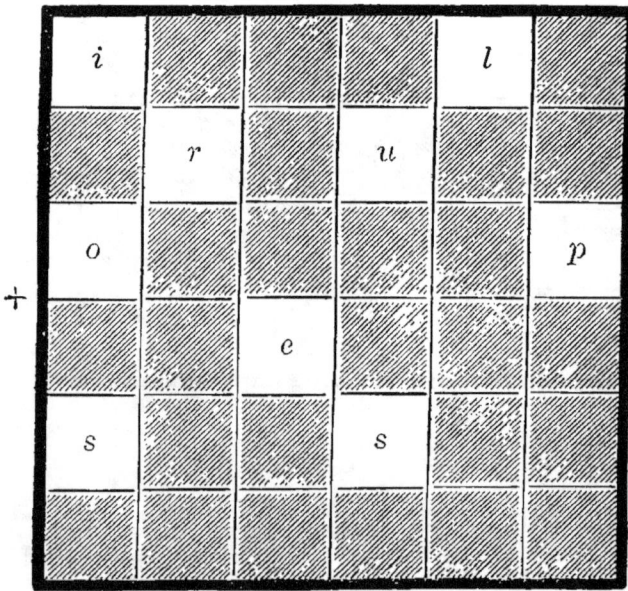

sait un pareil désappointement. Le banquier, lui, se contentait de secouer la tête en disant, non sans quelque ironie :

« Après tout, ce n'est peut-être pas cette grille-là que les conspirateurs ont employée pour leur correspondance ! »

Cette observation fit bondir Sarcany.

« Continuons ! s'écria-t-il.

— Continuons ! » répondit Silas Toronthal.

Sarcany, après être parvenu à maîtriser le tremblement nerveux qui l'agitait, recommença l'expérience sur les six mots formant la seconde colonne du billet. Quatre fois il réappliqua la grille sur ces mots, en lui faisant faire un quart de tour. Il n'obtint que cet assemblage de lettres absolument dénué de sens :

amnetnore

velessuot

etseirted

zerrevnes

Cette fois, Sarcany jeta la grille sur la table en jurant comme un matelot.

Par un singulier contraste, Silas Toronthal avait gardé tout son sang-froid. Il étudiait les mots, ainsi obtenus depuis le début de l'expérience, et demeurait pensif.

« Au diable les grilles et ceux qui s'en servent ! s'écria Sarcany en se levant.

— Si vous vous rasseyiez ! dit Silas Toronthal.

— Me rasseoir?...

— Et si vous continuiez? »

Sarcany regarda Silas Toronthal. Puis, il se rassit, il reprit la grille, et il l'appliqua sur les six derniers mots du billet, machinalement, n'ayant plus conscience de ce qu'il faisait.

Voici les mots que donnèrent ces quatre dernières applications de la grille :

uonsuoveu

qlangisre

imerpuate

rptseluot

Pas plus que les autres, ces derniers mots ne présentaient une signification quelconque.

Sarcany, irrité au delà de toute mesure, avait pris la feuille blanche sur laquelle étaient tracés ces mots baroques que la grille venait de faire successivement apparaître, et il allait la déchirer.

Silas Toronthal l'arrêta.

« Du calme, lui dit-il.

— Eh ! s'écria Sarcany, qu'avons-nous à faire de cet indéchiffrable logogriphe !

— Écrivez donc tous ces mots les uns à la suite des autres ! répondit simplement le banquier.

— Et pourquoi faire

— Pour voir! »

Sarcany obéit, et il obtint la succession de lettres suivante :

hazrxeirgnohaledecnadnepednilruopessamnetnorevel essuotetseirtedzerrevnesuonsuoveuqlangisreimerpuaterp tsetuot.

A peine ces lettres étaient-elles écrites, que Silas Toronthal arrachait le papier des mains de Sarcany, il le lisait, il poussait un cri. C'était lui, maintenant, que le calme avait abandonné. Sarcany en était à se demander si le banquier n'était pas subitement devenu fou.

« Mais lisez donc! s'écria Silas Toronthal en tendant le papier à Sarcany, lisez donc!

— Lire?...

— Eh! ne voyez-vous pas qu'avant de composer ces mots au moyen de la grille, les correspondants du comte Sandorf avaient préalablement écrit à rebours la phrase qu'ils forment! »

Sarcany prit le papier, et voilà ce qu'il lut, en allant de la dernière lettre à la première :

« *Tout est prêt. Au premier signal que vous nous* » *enverrez de Trieste, tous se lèveront en masse pour* » *l'indépendance de la Hongrie. Xrzah.* »

« Et ces cinq dernières lettres? s'écria-t-il.

— Une signature convenue! répondit Silas Toron-thal.

— Enfin, nous les tenons!...

— Mais la police ne les tient pas encore!

— Cela me regarde!

— Vous agirez dans le plus grand secret?

— C'est mon affaire, répondit Sarcany. Le gouverneur de Trieste sera seul à connaître les noms des deux honnêtes patriotes, qui auront arrêté à son début une conspiration contre le royaume d'Autriche! »

Et, en parlant ainsi, par son ton, par son geste, ce misérable ne laissait que trop voir quel sentiment d'ironie lui dictait de telles paroles.

« Alors je n'aurai plus à m'occuper de rien? demanda froidement le banquier.

— De rien, répondit Sarcany, si ce n'est de toucher votre part de bénéfice dans l'affaire!

— Quand?

— Quand seront tombées trois têtes, qui nous vaudront plus d'un million chacune. »

Silas Toronthal et Sarcany se séparèrent. S'ils voulaient bénéficier du secret que le hasard leur avait livré, en dénonçant les conspirateurs avant que la conspiration n'eût éclaté, ils devaient faire diligence.

Cependant, Sarcany, comme à l'ordinaire, était retourné dans la maison de Ladislas Zathmar. Il y avait repris son travail de comptabilité, qui touchait à sa fin. Le comte Sandorf lui dit même, tout en le remerciant du zèle qu'il avait montré, que, dans une huitaine de jours, il n'aurait plus besoin de ses services.

Dans la pensée de Sarcany, cela signifiait évidemment que, vers cette époque, le signal, attendu de Trieste, serait envoyé dans les principales villes de la Hongrie.

Sarcany continua donc à observer avec le plus grand soin, mais sans jamais donner prise au soupçon, tout ce qui se passait dans la maison du comte Zathmar. Et même il avait paru si intelligent, il semblait tellement acquis aux idées libérales, il avait si peu caché l'invincible répulsion qu'il disait éprouver pour la race allemande, enfin il avait si bien joué son jeu, sans en avoir l'air, que le comte Sandorf comptait se l'attacher plus tard, lorsque le soulèvement aurait fait de la Hongrie un pays libre. Il n'était pas jusqu'à Borik, qui ne fût revenu des préventions que lui avait d'abord inspirées ce jeune homme.

Sarcany touchait donc à son but.

C'était à la date du 8 juin que le comte Sandorf,

d'accord avec ses deux amis, avait décidé qu'il enver-
rait le signal du soulèvement, et ce jour était arrivé.

Mais alors l'œuvre de délation était accomplie.

Ce soir-là, vers huit heures, la police de Trieste
envahit subitement la maison de Ladislas Zathmar.
Toute résistance eût été impossible. Aussi, le comte
Sandorf, le comte Zathmar, le professeur Bathory,
Sarcany lui-même, qui ne protesta pas, d'ailleurs,
et Borik, furent-ils arrêtés, sans que personne eût
connaissance de leur arrestation.

V

AVANT, PENDANT ET APRÈS LE JUGEMENT.

L'Istrie, que les traités de 1815 ont fait entrer dans le royaume austrohongrois, est une presqu'île triangulaire, dont l'isthme forme la base sur la plus grande largeur du triangle. Cette péninsule s'étend depuis le golfe de Trieste jusqu'au golfe de Quarnero, le long desquels se creusent des ports assez nombreux. Entre autres, presque à sa pointe sud, s'ouvre celui de Pola, dont le gouvernement s'occupait alors de faire un arsenal maritime de premier ordre.

Cette province de l'Istrie, plus particulièrement sur ses rivages occidentaux, est encore restée bien italienne, bien vénitienne même, autant par ses usages que par sa langue. Que l'élément slave y lutte encore contre l'élément italien, soit; mais, ce qui est certain, c'est que l'influence allemande a quelque peine à se maintenir entre les deux.

Plusieurs villes importantes du littoral ou de l'intérieur donnent la vie à cette contrée que baignent les eaux de l'Adriatique septentrionale. Telles sont Capo d'Istria et Pirano, dont la population saunière travaille presque exclusivement dans les grandes salines, à l'embouchure du Risano et de la Corna-Lunga; Parenzo, chef-lieu de la diète de l'Istrie et résidence de l'évêque; Rovigno, riche du produit de ses oliviers; Pola, dont les touristes vont visiter les superbes monuments d'origine romaine, et qui est destinée à devenir le port de guerre le plus important de toute l'Adriatique.

Mais aucune de ces villes n'a le droit d'être appelée capitale de l'Istrie. C'est Pisino, située presque au centre du triangle, qui porte ce titre, et c'est là que, sans le savoir, allaient être conduits les prisonniers, après leur secrète arrestation.

A la porte de la maison de Ladislas Zathmar, attendait une chaise de poste. Tous quatre y montèrent aussitôt, et deux gendarmes autrichiens, — de ceux qui assurent très convenablement la sécurité des voyageurs à travers les campagnes de l'Istrie, — y prirent place auprès d'eux. Il leur serait donc interdit, pendant ce voyage, d'échanger la moindre parole qui eût pu les compromettre ou même leur faciliter une commune entente, avant leur comparution devant les juges.

Une escorte de douze gendarmes à cheval, commandée par un lieutenant, s'échelonna en avant, en arrière et aux portières de la chaise de poste qui, dix minutes après, avait quitté la ville. Quant à Borik, mené directement à la prison de Trieste, il avait été mis au secret.

Où dirigeait-on les prisonniers? Dans quelle forteresse le gouvernement autrichien allait-il les enfermer, puisque le château de Trieste ne lui suffisait pas? C'est ce que le comte Sandorf et ses amis auraient eu grand intérêt à savoir, mais ils s'y essayèrent en vain.

La nuit était sombre. A peine si les lanternes de la chaise de poste éclairaient la route jusqu'au premier rang des cavaliers de l'escorte. On marchait rapidement. Mathias Sandorf, Étienne Bathory, Ladislas Zathmar, se tenaient immobiles et muets dans leur coin. Sarcany ne cherchait même point à rompre le silence, ni pour protester contre son arrestation, ni pour demander pourquoi cette arrestation avait été faite.

Après être sortie de Trieste, la chaise de poste fit

un crochet qui la ramena obliquement vers la côte. Le comte Sandorf, au milieu du bruit produit par le pas des chevaux et le cliquetis des sabres, put alors entendre le murmure lointain du ressac contre les roches du littoral. Pendant un instant, quelques lumières brillèrent dans la nuit et s'éteignirent presque aussitôt. C'était le petit bourg de Muggia, que la chaise de poste venait de dépasser, mais sans y faire halte. Puis, le comte Sandorf crut remarquer que la route les ramenait dans la campagne.

A onze heures du soir, la voiture s'arrêta pour relayer. Il n'y avait là qu'une ferme, où les chevaux attendaient, prêts à être attelés. Ce n'était point un relais de poste. On avait voulu éviter d'aller chercher celui de Capo d'Istria.

L'escorte se remit en route. La voiture suivait un chemin tracé entre des clos de vignes, dont les sarments s'entrelaçaient en festons aux branches des mûriers, et toujours en plaine, ce qui permettait de courir rapidement. L'obscurité était alors d'autant plus profonde, que de gros nuages, poussés par un assez violent sirocco du sud-est, emplissaient tout l'espace. Bien que les vitres des portières eussent été baissées, de temps en temps, pour donner un peu d'air à l'intérieur, — car les nuits de juin sont chaudes, en Istrie, — il était impossible de rien distinguer, même dans un très court rayon. Quelque attention que le comte Sandorf, Ladislas Zathmar et Étienne Bathory apportassent à noter les moindres incidents de la route, tels que l'orientation du vent, le temps écoulé depuis le départ, ils ne parvenaient pas à reconnaître dans quelle direction roulait la chaise de poste. On voulait, sans doute, que l'instruction de cette affaire se fît dans le plus grand secret et en un lieu qui resterait ignoré du public.

Vers deux heures du matin, on relaya une seconde fois. Ainsi qu'au premier relais, la halte ne dura pas plus de cinq minutes.

Le comte Sandorf crut apercevoir dans l'ombre quelques maisons, groupées à l'extrémité d'une route, et qui devaient former la limite d'un faubourg.

C'était Buje, chef-lieu d'un district, situé à une vingtaine de milles dans le sud de Muggia.

Dès que les chevaux eurent été attelés, le lieutenant de gendarmerie se contenta de dire quelques mots à voix basse au postillon, et la chaise de poste repartit au galop.

Vers trois heures et demie, le jour devait commencer à paraître. Une heure plus tard, les prisonniers, par la position du soleil levant, auraient pu se rendre compte de la direction suivie jusqu'alors, de manière à déterminer au moins si elle était nord ou sud. Mais, à ce moment, les gendarmes baissèrent les mantelets des portières, et l'intérieur de la voiture fut plongé dans la plus complète obscurité.

Ni le comte Sandorf, ni ses deux amis ne firent la plus petite observation. Il n'y eût pas été répondu, cela n'était que trop certain. Mieux valait se résigner et attendre.

Une heure ou deux heures après, — il eût été difficile d'estimer le temps écoulé, — la chaise de poste s'arrêta une dernière fois et relaya rapidement au bourg de Visinada.

A partir de ce moment, tout ce qui put être observé, ce fut que la route devenait très dure. Les cris du postillon, le claquement du fouet, ne cessaient de stimuler les chevaux, dont le fer frappait le sol rude et pierreux de cette région montagneuse. Quelques collines, sur lesquelles s'étageaient de petits bois grisâtres, avaient rétréci les bornes de l'horizon. Deux ou trois fois les prisonniers purent entendre les sons d'une flûte. C'étaient de jeunes pâtres, qui jouaient leurs airs bizarres en gardant des troupeaux de chèvres noires; mais il n'y avait là qu'une indication trop insuffisante de la contrée parcourue, et il fallait se résoudre à n'en rien voir.

Il devait être neuf heures du matin, lorsque la

chaise de poste reprit une allure toute différente. On ne pouvait s'y tromper, elle descendait alors rapidement, après avoir atteint le maximum d'altitude, de la route. Sa vitesse était très grande, et, plusieurs fois, il fallut saboter les roues pour se maintenir, non sans danger.

En effet, après s'être élevée dans une région très accidentée, dominée par le mont Majeur, la route s'abaisse obliquement en se rapprochant de Pisino. Bien que cette ville soit encore à une cote très élevée au-dessus du niveau de la mer, elle semble enfouie au fond d'une vallée, si on s'en rapporte aux hauteurs environnantes. Bien avant de l'atteindre, on peut déjà apercevoir le campanile, qui surmonte le groupement de ses maisons, pittoresquement disposées en étages.

Pisino est le chef-lieu d'un district, comprenant ving-cinq mille habitants environ. Située presque au centre de ce triangle péninsulaire, les Morlaques, les Slaves de tribus diverses, les Tsiganes mêmes, affluent dans cette ville, surtout à l'époque des foires, pendant lesquelles il se fait un commerce assez important.

Cité ancienne, la capitale de l'Istrie a conservé son caractère féodal. Cela apparaît surtout dans son château-fort, qui domine quelques établissements militaires plus modernes, où sont installés les services administratifs du gouvernement autrichien.

Ce fut dans la cour de ce château que la chaise de poste s'arrêta, le 9 juin, vers dix heures du matin, après un voyage de quinze heures. Le comte Sandorf, ses deux compagnons et Sarcany durent alors descendre de voiture. Quelques instants après, ils étaient incarcérés séparément dans des cellules voûtées, auxquelles ils n'arrivèrent qu'après avoir gravi une cinquantaine de marches.

C'était la mise au secret dans toute sa rigueur.

Bien qu'ils n'eussent entre eux aucune communication et ne pussent échanger leurs pensées, Mathias Sandorf, Ladislas Zathmar et Étienne Bathory n'avaient plus alors qu'une seule préoccupation. Comment le secret de la conspiration avait-il été découvert ? Était-ce le hasard qui avait mis la police sur la trace du complot ? Cependant, rien n'avait pu transpirer au dehors. Aucune correspondance ne s'échangeait plus entre Trieste et les principales villes de la Hongrie et de la Transylvanie. Était-ce donc une trahison ? Mais qui aurait été le traître ? Jamais une confidence n'avait été faite à personne. Jamais un papier n'avait pu tomber entre les mains d'un espion. Tous les documents étaient anéantis.

On aurait fouillé jusque dans les coins les plus secrets la maison de l'Acquedotto, qu'on n'y eût pas trouvé une note suspecte! Et c'était même ce qui était arrivé. Les agents de la police n'avaient rien découvert, — si ce n'est la grille, que le comte Zathmar n'avait pas détruite, car il était possible qu'il eût encore besoin de s'en servir. Et, par malheur, cette grille allait devenir une pièce à conviction, dont il serait impossible d'expliquer l'emploi, autrement que pour les besoins d'une correspondance chiffrée.

En somme, — ce que les prisonniers ignoraient encore, — tout reposait sur la copie de ce billet que Sarcany, de connivence avec Silas Toronthal, avait livrée au gouverneur de Trieste, après en avoir rétabli le sens en texte clair. Mais cela devait malheureusement suffire pour établir une accusation de complot contre la sûreté de l'État. Donc, il n'en fallait pas plus pour amener le comte Sandorf et ses amis devant une juridiction spéciale, un tribunal militaire, qui allait procéder militairement.

Il y avait eu un traître, cependant, et il n'était pas loin. En se laissant arrêter, sans mot dire, en se laissant juger, en se laissant condamner même quitte à être gracié plus tard, ce traître devrait écarter tous les soupçons. C'était là le jeu de Sarcany, et il devait le jouer avec l'aplomb qu'il apportait en toutes choses.

D'ailleurs, le comte Sandorf, trompé par ce fourbe, — et qui ne l'eût été, à sa place? — était décidé à tout faire pour le mettre hors de cause. Il ne lui serait pas difficile, pensait-il, de démontrer que Sarcany n'avait jamais pris part au complot, qu'il n'était qu'un simple comptable, introduit récemment dans la maison de Ladislas Zathmar, et uniquement chargé des affaires personnelles du comte, qui ne se rattachaient aucunement à la conspiration. Au besoin, il invoquerait le témoignage du banquier Silas Toronthal pour innocenter son jeune commis. Il ne doutait donc pas que Sarcany ne fût absous, aussi bien sur le chef principal que sur le chef de complicité, au cas où l'on viendrait à bout d'établir une accusation, — ce qui ne lui paraissait pas encore démontré.

En somme, le Gouvernement autrichien ne devait rien savoir de la conspiration en dehors des conspirateurs de Trieste. Leurs partisans, en Hongrie et en Transylvanie, lui étaient absolument inconnus. Il n'existait aucune trace de leur complicité. Mathias Sandorf, Etienne Bathory, Ladislas Zathmar, ne pouvaient donc avoir aucune inquiétude à ce sujet. Quant à eux, ils étaient décidés à tout nier, à moins qu'une preuve matérielle du complot ne leur fût opposée. Dans ce cas, ils sauraient faire le sacrifice de leur vie. D'autres reprendraient un jour le mouvement avorté. La cause de l'indépendance retrouverait plus tard de nouveaux chefs. Eux, s'ils étaient convaincus, avoueraient quelles avaient été leurs espérances. Ils montreraient le but vers lequel ils marchaient, but qui serait atteint un jour ou l'autre. Ils ne prendraient même pas la peine de se défendre, et cette partie, perdue par eux, ils la payeraient noblement.

Ce n'était pas sans raison que le comte Sandorf et ses deux amis pensaient que l'action de la police avait été fort restreinte en cette affaire. A Bude, à Pesth, à Klausenbourg, dans toutes les villes où le mouvement devait se produire au signal venu de Trieste, les agents avaient cherché des traces du complot, vainement. Voilà pourquoi le Gouvernement avait procédé avec tant de secret à l'arrestation des trois chefs de Trieste. S'il les avait emprisonnés dans la forteresse de Pisino, s'il voulait que rien ne s'ébruitât de cette affaire, avant qu'elle n'eût son dénouement, c'était avec l'espoir que quelque circonstance ferait connaître les auteurs du billet chiffré, adressé à la capitale de l'Istrie, mais venu on ne sait d'où.

1.   7

Cette espérance fut trompée. Le signal attendu n'avait pas été donné, il ne devait pas l'être. Le mouvement était enrayé, momentanément du moins. Le Gouvernement dut donc se borner à faire juger le comte Sandorf et ses complices sous la prévention de haute trahison envers l'État.

Cependant, ces investigations avaient demandé quelques jours. Aussi, ce fut vers le 20 juin seulement que l'affaire commença à s'instruire par l'interrogatoire des accusés. Ils ne furent même pas confrontés entre eux et ne devaient se revoir que devant leurs juges.

C'était à un conseil de guerre que le Gouvernement avait dévolu le mandat de juger les chefs de la conspiration de Trieste. On sait combien est sommaire l'instruction des affaires qui sont soumises à cette juridiction exceptionnelle, combien sont rapides la conduite de ses débats et l'exécution de ses jugements.

C'est ce qui se produisit en cette circonstance.

Le 25 juin, le conseil de guerre s'assembla dans une des salles basses de la forteresse de Pisino, et, ce jour même, les accusés comparurent devant le tribunal militaire.

Les débats n'allaient être ni longs ni mouvementés, aucun incident ne devant se produire.

Le conseil de guerre entra en séance à neuf heures du matin. Le comte Sandorf, le comte Zathmar, le professeur Étienne Bathory, d'une part, et de l'autre, Sarcany, se revirent pour la première fois depuis leur incarcération. La poignée de main que Mathias Sandorf et ses deux amis se donnèrent sur le banc des accusés, ce fut comme un nouveau témoignage, un nouvel accord des sentiments qui les unissaient. Un geste de Ladislas Zathmar et d'Étienne Bathory fit comprendre au comte Sandorf que tous deux s'en remettaient à lui du soin de parler devant le conseil. Ni lui ni les autres n'avaient voulu accepter l'office d'un défenseur. Ce que le comte Sandorf avait fait jusqu'ici était bien fait. Ce qu'il lui conviendrait de dire à leurs juges serait bien dit.

L'audience était publique, en ce sens que les portes de la salle du conseil furent ouvertes. Cependant, peu de personnes y assistaient, car l'affaire n'avait point transpiré au dehors. Au plus, une vingtaine de spectateurs, appartenant au personnel du château.

L'identité des accusés fut d'abord constatée. Puis, aussitôt après, le comte Sandorf demanda au président du conseil en quel lieu ses compagnons et lui avaient été amenés pour y être jugés; mais il ne fut point répondu à cette question.

L'identité de Sarcany ayant été également établie, il ne dit rien encore qui fût de nature à séparer sa cause de celle de ses compagnons.

Alors, le fac-simile du billet, livré traitreusement à la police, fut communiqué aux accusés.

Lorsque le rapporteur leur fit demander s'ils reconnaissaient avoir reçu l'original du billet, dont copie leur était représentée, ils répondirent que c'était à l'accusation de faire la preuve à cet égard.

Sur cette réponse, on leur présenta la grille, qui avait été trouvée dans la chambre de Ladislas Zathmar.

Le comte Sandorf et ses deux compagnons ne purent nier que cette grille eût été en leur possession. Ils ne l'essayèrent même pas. En effet, devant cette preuve matérielle, il n'y avait rien à répondre. Puisque l'application de cette grille permettait de lire le billet cryptographié, c'est que ce billet avait été incontestablement reçu par les accusés.

Ceux-ci apprirent alors comment le secret de la conspiration avait été découvert, et sur quelle base reposait l accusation.

A partir de ce moment, les demandes et les réponses furent très nettement faites de part et d'autre.

Le comte Sandorf ne pouvait plus nier. Il parla

donc au nom de ses deux amis. Un mouvement,
qui devait amener la séparation de la Hongrie et
de l'Autriche, puis la reconstitution autonomique
du royaume des anciens Magyars, avait été préparé
par eux. Sans leur arrestation, il eût éclaté récemment, et la Hongrie aurait reconquis son indépendance. Mathias Sandorf, se donnant pour le chef
de la conspiration, ne voulut laisser à ses co-accusés
qu'un rôle secondaire. Mais ceux-ci protestèrent
contre les paroles du comte, et revendiquèrent avec
l'honneur d'avoir été ses complices l'honneur de partager son sort.

Le débat ne pouvait plus être long. D'ailleurs,
lorsque le président du conseil interrogea les accusés
sur leurs relations au dehors, ils refusèrent de
répondre. Pas un nom ne fut prononcé, pas un ne
devait l'être.

« Vous avez nos trois têtes, répondit simplement le comte Sandorf, et elles doivent vous suffire. »

Trois têtes seulement, car le comte Sandorf s'at-
tacha alors à disculper Sarcany, un jeune comptable,
employé dans la maison de Ladislas Zathmar, sur
la recommandation du banquier Silas Toronthal.

Sarcany ne put que confirmer les dires du comte
Sandorf. Il ne savait rien de la conspiration Il avait

été le premier surpris d'apprendre que dans cette paisible demeure de l'Acquedotto se tramait un complot contre la sûreté de l'État. S'il n'avait pas protesté au moment de son arrestation, c'est qu'il ne savait même pas de quoi il s'agissait.

Ni le comte Sandorf ni lui n'eurent de difficulté à établir cette situation, et il est probable que le Conseil de guerre avait son opinion faite à cet égard. Aussi, sur l'avis du rapporteur, l'accusation relevée contre Sarcany fut-elle presque aussitôt abandonnée.

Vers deux heures de l'après-midi, les débats de cette affaire étaient terminés, et, séance tenante, le jugement fut rendu.

Le comte Mathias Sandorf, le comte Ladislas Zathmar, le professeur Étienne Bathory, convaincus de haute trahison envers l'État, étaient condamnés à la peine de mort.

Les condamnés devaient être passés par les armes dans la cour même de la forteresse.

L'exécution se ferait dans les quarante-huit heures.

Sarcany était renvoyé des fins de l'accusation; mais il devait être réintégré à la prison jusqu'à la levée de l'écrou, qui ne serait faite qu'après l'exécution du jugement.

Le même jugement prononçait aussi la confiscation des biens des trois condamnés.

Ordre fut donné de ramener en leur prison le comte Sandorf, Ladislas Zathmar et Étienne Bathory.

Sarcany fut reconduit dans la cellule qu'il occupait au fond d'un couloir elliptique du deuxième étage du donjon. Quant au comte Sandorf et à ses deux amis, pendant les dernières heures qui leur restaient à vivre, ils allaient être incarcérés dans une assez vaste cellule, située au même étage, précisément à l'extrémité du grand axe de cette ellipse que décrivait le couloir. Cette fois le secret était levé. Les condamnés seraient réunis jusqu'au moment de mourir.

Ce fut une consolation, ce fut même une joie pour eux, lorsqu'ils eurent été laissés seuls, lorsqu'il leur fut permis de s'abandonner à une émotion qu'ils pouvaient laisser enfin déborder. S'ils avaient su se contenir devant leurs juges, la réaction se fit alors, et là, sans témoins, ils s'ouvrirent leurs bras et s'y pressèrent.

« Mes amis, dit le comte Sandorf, c'est moi qui aurai causé votre mort ! Mais je n'ai point à vous en demander pardon ! Il s'agissait de l'indépendance de la Hongrie ! Notre cause était juste ! C'était un devoir de la défendre ! Ce sera un honneur de mourir pour elle !

— Mathias, répondit Étienne Bathory, nous te remercions, au contraire, de nous avoir associés à cette œuvre patriotique, qui aura été l'œuvre de toute ta vie....

— Comme nous serons associés dans la mort ! » ajouta froidement le comte Zathmar.

Puis, pendant un moment de silence, tous trois regardèrent cette sombre cellule, dans laquelle devaient se passer leurs dernières heures. Une étroite fenêtre, percée dans l'épaisse muraille du donjon, à quatre ou cinq pieds de hauteur, l'éclairait à peine. Elle était meublée de trois lits de fer, de quelques chaises, d'une table et de tablettes fixées aux parois, sur lesquelles se trouvaient divers ustensiles.

Pendant que Ladislas Zathmar et Étienne Bathory se laissaient absorber par leurs réflexions, le comte Sandorf allait et venait dans la cellule.

Ladislas Zathmar, seul au monde, sans aucun lien de famille, n'avait pas à regarder autour de lui. Il n'avait plus que son vieux serviteur Borik pour le pleurer.

Il n'en était pas ainsi d'Étienne Bathory. Sa mort ne frappait pas que lui seul. Il avait une femme et un fils que ce coup allait atteindre. Ces êtres si chers pouvaient en mourir! Et, s'ils lui survivaient, quelle existence les attendait! Quel avenir pour cette femme, sans fortune, avec un enfant à peine âgé de huit ans! D'ailleurs, Étienne Bathory eût-il eu quelque bien, qu'en serait-il resté, après un jugement qui prononçait contre les condamnés la confiscation en même temps que la mort?

Quant au comte Sandorf, c'était tout son passé qui lui revenait! C'était sa femme, toujours présente en lui! C'était sa petite fille, une enfant de deux ans, abandonnée aux soins de l'intendant qui aurait la charge de l'élever! C'étaient ses amis qu'il avait entraînés à leur perte! Il se demandait s'il avait bien agi, s'il n'avait pas été plus loin que ne commandait le devoir envers son pays, puisque le châtiment allait au delà de lui-même, puisqu'il frappait des innocents!

« Non!... non!... je n'ai fait que mon devoir! répétait-il. La patrie avant tout, au-dessus de tout! »

Vers cinq heures du soir, un gardien entra dans la cellule, déposa sur la table le dîner des condamnés, puis sortit, sans avoir prononcé une seule parole. Mathias Sandorf, cependant, aurait voulu savoir en quel lieu il se trouvait, quelle était la

7.

forteresse où on l'avait renfermé. Mais, à cette question, le président du conseil de guerre n'avait pas
cru devoir répondre, et, très certainement, le gardien, en vertu d'une consigne très sévère, n'y eût
pas répondu davantage.

Les condamnés touchèrent à peine au dîner qui
leur avait été servi. Ils passèrent le reste de la
journée à causer de choses diverses, de l'espoir que
le mouvement avorté serait repris un jour. Puis, à
plusieurs reprises, ils revinrent sur les incidents de
cette affaire.

« Nous savons, maintenant, dit Ladislas Zathmar,
pourquoi nous avons été arrêtés et comment la
police a tout appris par ce billet dont elle a eu
connaissance...

— Oui, sans doute, Ladislas, répondit le comte
Sandorf, mais ce billet, un des derniers que nous
ayons reçus, en quelles mains est-il tombé d'abord,
et par qui copie a-t-elle pu en être prise?

— Et, étant prise, ajouta Étienne Bathory, comment, sans la grille, est-on parvenu à la déchiffrer?

— Il faudrait donc que cette grille nous eût été
volée, ne fut-ce qu'un instant... dit le comte
Sandorf.

— Volée!.. Et par qui? répondit Ladislas Zathmar.
Le jour de notre arrestation, elle était encore dans

le tiroir du bureau de ma chambre, puisque c'est là que les agents l'ont saisie ! »

C'était, en effet, inexplicable. Que le billet eût été trouvé au cou du pigeon qui le portait, qu'il eût été copié avant d'être renvoyé à son destinataire, que la maison où demeurait ce destinataire eût été découverte, tout cela pouvait et devait s'admettre, en somme. Mais que la phrase cryptographiée eût été reconstruite sans l'instrument qui avait servi à la former, c'était incompréhensible.

« Et pourtant, reprit le comte Sandorf, ce billet a été lu, nous en avons la certitude, et il n'a pu l'être qu'au moyen de la grille ! C'est ce billet qui a mis la police sur les traces du complot, et c'est sur lui seul qu'a reposé toute l'accusation !

— Peu importe, après tout ! répondit Étienne Bathory.

— Il importe, au contraire, s'écria le comte Sandorf. Peut-être avons-nous été trahis ! Et s'il y a eu un traître... ne pas savoir... »

Le comte Sandorf s'arrêta. Le nom de Sarcany venait de s'offrir à son esprit ; mais il repoussa cette pensée, loin, bien loin, sans même vouloir la communiquer à ses compagnons.

Mathias Sandorf et ses deux amis continuèrent à parler ainsi de tout ce qu'il y avait d'inexplicable en cette affaire, et ils en causèrent jusque fort avant dans la nuit.

Le lendemain, ils furent réveillés d'un assez profond sommeil par l'arrivée du gardien. C'était le matin de leur avant-dernier jour. L'exécution était fixée à vingt-quatre heures de là.

Étienne Bathory demanda au gardien s'il lui serait permis de recevoir sa famille.

Le gardien répondit qu'il n'avait point d'ordre à ce sujet. Il n'était pas probable, d'ailleurs, que le gouvernement consentît à donner aux condamnés cette dernière consolation, puisqu'il avait conduit secrètement cette affaire jusqu'au jour du jugement, puisque le nom de la forteresse, qui servait de prison aux condamnés, n'avait pas même été prononcé.

« Pouvons-nous écrire, au moins, et nos lettres arriveront-elles à destination? demanda le comte Sandorf.

— Je vais mettre du papier, des plumes et de l'encre à votre disposition, répondit le gardien, et je vous promets de déposer vos lettres entre les mains du gouverneur.

— Nous vous remercions, mon ami, répondit le comte Sandorf, puisque vous faites là tout ce que vous pouvez faire! Quant à reconnaître vos bons soins...

« — Vos remerciements me suffisent, messieurs, » répondit le gardien, qui ne cachait point son émotion.

Ce brave homme ne tarda pas à apporter tout ce qu'il fallait pour écrire. Les condamnés passèrent une partie du jour à prendre leurs dernières dispositions. De la part du comte Sandorf, ce fut tout ce que le cœur d'un père pouvait donner de conseils pour cette petite fille qui allait rester orpheline ; de la part d'Étienne Bathory, tout ce qu'un époux et un père pouvait témoigner d'amour dans les adieux adressés à une femme et à un fils ; de la part de Ladislas Zathmar, tout ce qu'éprouvait un maître pour un vieux serviteur, son dernier ami.

Mais, pendant cette journée, si absorbés qu'ils fussent, que de fois les prisonniers prêtèrent l'oreille ! Que de fois, ils cherchèrent à entendre si quelque bruit lointain ne se glissait pas à travers les couloirs du donjon. Que de fois, il leur sembla que la porte de cette cellule allait s'ouvrir, qu'il leur serait permis d'étreindre dans un dernier embrassement une femme, un fils, une fille ! C'eût été une consolation. Mais, en vérité, peut-être valait-il mieux qu'une impitoyable consigne, en les privant de ce suprême adieu, leur épargnât cette scène déchirante !

La porte ne s'ouvrit pas. Sans doute, ni Mme Ba-

thory ni son fils, ni l'intendant Lendek, auquel
était confiée la petite fille du comte Sandorf, ne savaient où les prisonniers avaient été conduits, après
leur arrestation, non plus que Borik, toujours détenu
à la prison de Trieste. Sans doute aussi, tous ignoraient encore quel jugement avait frappé les chefs
de la conspiration ? Aussi, les condamnés ne devaient-
ils pas les revoir avant l'exécution de la sentence.

Les premières heures de cette journée s'écou-
lèrent ainsi. Parfois Mathias Sandorf et ses deux
amis causaient ensemble. Parfois, aussi, pendant
un long silence, ils s'absorbaient en eux-mêmes. En
ces moments-là, toute la vie repasse dans la mémoire avec une intensité d'impression surnaturelle.
Ce n'est pas vers le passé que l'on remonte. Tout ce
que le souvenir rappelle revêt la forme du présent.
Est-ce donc comme une prescience de cette éter-
nité qui va s'ouvrir, de cet incompréhensible et in-
commensurable état de choses qui s'appelle l'infini ?

Cependant, si Étienne Bathory, si Ladislas Zathmar s'abandonnaient sans réserve à leurs souvenirs
Mathias Sandorf était invinciblement dominé par
une pensée qui s'obstinait en lui. Il ne doutait pas
que dans cette mystérieuse affaire il n'y eût eu trahison. Or, pour un homme de son caractère, mourir
sans avoir fait justice du traître, quel qu'il fût, sans

même savoir qui l'avait trahi, c'était deux fois mourir. Ce billet auquel la police devait la découverte de la conspiration et l'arrestation des conspirateurs, qui l'avait surpris, qui s'était procuré les moyens de le lire, qui l'avait livré, vendu peut-être?... En face de cet insoluble problème, le cerveau surexcité du comte Sandorf était en proie à une sorte de fièvre.

Aussi, tandis que ses amis écrivaient ou demeuraient muets et immobiles, marchait-il, inquiet, agité, longeant les murs de la cellule, comme un fauve enfermé dans sa cage.

Un phénomène singulier, mais parfaitement explicable par les seules lois de l'acoustique, allait lui livrer enfin le secret qu'il devait désespérer de jamais connaître.

Plusieurs fois, déjà, le comte Sandorf s'était arrêté, en passant près de l'angle que le mur de refend faisait avec le mur extérieur du couloir, sur lequel s'ouvraient les diverses cellules à cet étage du donjon. A cet angle, au joint de la porte, il avait cru entendre comme un murmure de voix éloignées, encore peu saisissable. Tout d'abord, il n'y donna pas attention; mais, soudain, un nom qui fut prononcé — le sien — lui fit prêter plus soigneusement l'oreille.

Là se produisait évidemment un phénomène

d'acoustique, semblable à ceux qu'on observe à l'intérieur des galeries de dômes ou sous les voûtes de forme ellipsoïdale. La voix, partant de l'un des côtés de l'ellipse, après avoir suivi le contour des murs, se fait entendre à l'autre foyer, sans avoir été perceptible en aucun point intermédiaire. Tel est ce phénomène, qui se produit dans les cryptes du Panthéon de Paris, à l'intérieur de la coupole de Saint-Pierre de Rome; tel, dans la « whispering gallery », la galerie sonore de Saint-Paul de Londres. En ces conditions, le moindre mot, articulé même à voix basse, à l'un des foyers de ces courbes, est distinctement entendu au foyer opposé.

Il n'y avait donc pas à en douter, deux ou plusieurs personnes causaient, soit dans le couloir, soit dans une cellule située à l'extrémité de son diamètre, et le point focal se trouvait tout près de cette porte de la cellule occupée par Mathias Sandorf.

Un geste de celui-ci avait amené ses deux compagnons près de lui. Là, tous trois, l'oreille tendue, ils écoutèrent.

Des lambeaux de phrases arrivaient assez distinctement à leur oreille, phrases interrompues, dès que les causeurs s'éloignaient du foyer, si peu que ce fût, c'est-à-dire de ce point dont la situation déterminait la production du phénomène.

Et voici les mots qu'ils surprirent à divers intervalles :

« Demain, après l'exécution, vous serez libre. .

— Et alors des biens du comte Sandorf, part à
deux. . . .

— Sans moi, vous n'auriez peut-être pu déchiffrer ce billet. . . . .

— Et sans moi, qui l'ai pris au cou du pigeon,
vous ne l'auriez jamais eu entre les mains. . . .

— Enfin, personne ne pourra soupçonner que
c'est à nous que la police doit de. . . .

— Et, quand même les condamnés auraient
maintenant quelque soupçon. . . . .

— Ni parents, ni amis, personne n'arrivera plus
jusqu'à eux...

— A demain, Sarcany...
— A demain, Silas Toronthal... »

Puis les voix s'éteignirent, et le bruit d'une porte, qui se refermait, se fit entendre.

« Sarcany !... Silas Toronthal ! s'écria le comte Sandorf. Eux !... Ce sont eux ! »

Il regardait ses deux amis, tout pâle. Son cœur avait cessé un instant de battre sous l'étreinte d'un spasme. Ses pupilles effroyablement dilatées, son cou raide, sa tête comme retirée entre les épaules, tout indiquait en cette énergique nature une colère effroyable, poussée aux dernières limites.

« Eux !.. les misérables !.. eux ! » répétait-il avec une sorte de rugissement.

Enfin, il se redressa, il regarda autour de lui, il parcourut à grands pas la cellule.

« Fuir !... Fuir !... criait-il. Il faut fuir ! »

Et cet homme, qui allait marcher courageusement à la mort, quelques heures plus tard, cet homme, qui n'avait même pas songé à disputer sa vie, cet homme n'eut plus qu'une pensée maintenant : vivre, et vivre pour punir ces deux traîtres, Toronthal et Sarcany !

« Oui ! se venger ! s'écrièrent Etienne Bathory et Ladislas Zathmar.

— Se venger? Non !.. Faire justice ! »

Tout le comte Sandorf était dans ces mots.

VI

LE DONJON DE PISINO.

La forteresse de Pisino est un des plus curieux spécimens de ces formidables bâtisses, qui furent élevées au moyen âge. Elle a très bon air avec son aspect féodal. Il ne manque que des chevaliers à ses larges salles voûtées, des châtelaines, vêtues de longues robes ramagées et coiffées de bonnets pointus, à ses fenêtres en ogive, des archers ou des arbalétriers aux mâchicoulis de ses galeries crénelées, aux embrasures de ses mangonnaux, aux herses de ses ponts-levis. L'œuvre de pierre est encore intacte; mais le gouverneur avec son uniforme autrichien, les soldats dans leur tenue moderne, les gardiens et porte-clefs, qui n'ont plus rien du costume mi-partie jaune et rouge du vieux temps, mettent une note fausse au milieu de ces restes magnifiques d'une autre époque.

C'était du donjon de cette forteresse, que le comte Sandorf prétendait s'évader pendant les dernières heures qui allaient précéder l'exécution. Tentative insensée, sans doute, puisque les prisonniers ne savaient même pas quel était ce donjon qui leur servait de prison, puisqu'ils ne connaissaient rien du pays à travers lequel ils devraient se diriger après leur fuite !

Et peut-être était-il heureux que leur ignorance fût complète à cet égard ! Mieux instruits, ils auraient sans doute reculé devant les difficultés, pour ne pas dire les impossibilités d'une pareille entreprise.

Ce n'est pas que cette province de l'Istrie ne présente des chances favorables à une évasion, puisque, quelle que soit la direction prise par des fugitifs, ils peuvent atteindre n'importe quel point de son littoral en peu d'heures. Ce n'est pas non plus que les rues de la ville de Pisino soient si sévèrement gardées que l'on risque d'y être arrêté dès les premiers pas. Mais s'échapper de sa forteresse — et plus particulièrement du donjon occupé par les prisonniers, — jusqu'alors cela avait été considéré comme absolument impossible. L'idée même n'en pouvait pas venir.

Voici, en effet, quelle est la situation et la disposition extérieure du donjon dans la forteresse de Pisino.

Ce donjon occupe le côté d'une terrasse, qui termine brusquement la ville en cet endroit. Si l'on s'appuie sur le parapet de cette terrasse, le regard plonge dans un gouffre large et profond, dont les parois ardues, tapissées de longues lianes échevelées, sont coupées à pic. Rien ne surplombe de cette muraille. Pas une marche pour y monter ou en descendre. Pas un palier pour y faire halte. Aucun point d'appui nulle part. Rien que des stries capricieuses, lisses, effritées, incertaines, qui marquent le clivage oblique des roches. En un mot, un abîme qui attire, qui fascine et qui ne rendrait rien de ce qu'on y aurait précipité.

C'est au-dessus de cet abîme que se dresse un des murs latéraux du donjon, percé de quelques rares fenêtres, éclairant les cellules des divers étages. Si un prisonnier se fût penché en dehors de l'une de ces ouvertures, il aurait reculé d'effroi, à moins que le vertige ne l'eût entraîné dans le vide! Et s'il tombait, qu'arriverait-il? Ou son corps se briserait sur les roches du fond, ou il serait emporté par un torrent, dont le courant est irrésistible à l'époque des fortes eaux.

Cet abîme, c'est le Buco, comme on dit dans le
pays. Il sert de récipient au trop plein d'une rivière
qui s'appelle la Foïba. Cette rivière ne trouve
d'issue que par une caverne qu'elle s'est creusée
peu à peu à travers les roches, et dans laquelle
elle s'engouffre avec l'impétuosité d'un raz ou d'un
mascaret. Où va-t-elle ainsi en passant sous la ville?
On l'ignore. Où reparaît-elle? On ne sait. De cette
caverne, ou plutôt de ce canal, foré dans le schiste
et l'argile, on ne connaît ni la longueur, ni la hauteur, ni la direction. Qui peut dire si les eaux ne
s'y heurtent pas à quelques centaines d'angles, à
quelque forêt de piliers, qui supportent avec l'énorme
substruction la forteresse et la cité tout entière.
Déjà, de hardis explorateurs, lorsque l'étiage ni trop
haut ni trop bas, permettait d'employer une embarcation légère, avaient tenté de descendre le cours
de la Foïba à travers ce sombre boyau; mais l'abaissement des voûtes leur avait bientôt opposé un
infranchissable obstacle. En réalité, on ne savait rien
de l'état de cette rivière souterraine. Peut-être s'abî-
mait-elle en quelque « perte », creusée au-dessous
du niveau de l'Adriatique.

Tel était donc ce Buco, dont le comte Sandorf
ne connaissait même pas l'existence. Or, comme
une évasion ne pouvait se faire que par l'unique

fenêtre de sa cellule, qui s'ouvrait au-dessus du Buco, c'était, pour lui, marcher aussi sûrement à la mort que s'il eût été se placer en face du peloton d'exécution.

Ladislas Zathmar et Etienne Bathory n'attendaient plus que le moment d'agir, prêts à rester, s'il le fallait, et à se sacrifier pour venir en aide au comte Sandorf, prêts à le suivre, si leur fuite ne devait pas compromettre la sienne.

« Nous fuirons tous les trois, dit Mathias Sandorf, quitte à nous séparer, lorsque nous serons dehors! »

Huit heures du soir sonnaient alors au beffroi de la ville. Les condamnés n'avaient plus que douze heures à vivre.

La nuit commençait à se faire, — une nuit qui devait être obscure. Des nuages épais, presque immobiles, se déroulaient pesamment à travers l'espace. L'atmosphère, lourde, presque irrespirable, était saturée d'électricité. Un violent orage menaçait. Les éclairs ne s'échangeaient pas encore entre ces masses de vapeurs, disposées comme autant d'accumulateurs du fluide, mais déjà de sourds grondements couraient le long de l'écheveau des montagnes qui environnent Pisino.

Une évasion, entreprise dans ces conditions, aurait donc pu présenter quelques chances, si un

gouffre inconnu n'eût été ouvert sous les pieds des
fugitifs. Nuit noire, on ne serait pas vu. Nuit
bruyante, on ne serait pas entendu.

Ainsi que l'avait immédiatement reconnu le comte
Sandorf, la fuite n'était possible que par la fenêtre
de la cellule. De forcer la porte, d'entamer ses
fortes parois de chêne, bardées de ferrures, il
n'y fallait point songer. D'ailleurs, le pas d'une
sentinelle résonnait sur les dalles du couloir. Et
puis, la porte franchie, comment se diriger à travers
le labyrinthe de la forteresse? Comment en dépasser la herse et le pont-levis, que des postes de
soldats devaient sévèrement garder? Au moins du
côté du Buco, il n'y avait point de sentinelle. Mais
le Buco défendait mieux cette face du donjon que
ne l'eût fait un cordon de factionnaires.

Le comte Sandorf s'occupa donc uniquement de
reconnaître si la fenêtre pourrait leur livrer passage.

Cette fenêtre mesurait environ trois pieds et demi
de hauteur sur deux pieds de largeur. Elle s'évasait à
travers la muraille, dont l'épaisseur, en cet endroit,
pouvait être estimée à quatre pieds. Un solide croisillon de fer la condamnait. Il était engagé dans les
parois, presque à l'affleurement intérieur. Point de
ces hottes en bois, qui ne permettent à la lumière
de n'arriver que par le haut. C'eût été inutile, puis-

e la disposition de l'ouverture s'opposait à ce que
regard pût plonger dans le gouffre du Buco. Si
onc on parvenait à arracher ou à déplacer ce crôi-
llon, il serait facile de se glisser à travers cette
mêtre, qui ressemblait assez à une embrasure
ercée dans la muraille d'une forteresse.

Mais le passage une fois libre, comment s'opé-
rait la descente au dehors, le long du mur à pic ?
ne échelle ? Les prisonniers n'en possédaient pas
t n'auraient pu en fabriquer. Employer des draps
e lit ? Ils n'avaient pour draps que de grosses cou-
ertes de laine, jetées sur un matelas que supportait
n cadre de fer, scellé dans la paroi de la cellule. Il
aurait donc eu impossibilité de s'échapper par cette
mêtre, si le comte Sandorf n'eût déjà remarqué
u'une chaîne ou plutôt un câble de fer, qui pen-
ait extérieurement, pouvait faciliter l'évasion.

Ce câble, c'était le conducteur du paratonnerre,
xé à la crête du toit, au-dessus de la partie latérale
u donjon, dont la muraille s'élevait à l'aplomb du
uco.

— « Vous voyez ce câble, dit le comte Sandorf à ses
eux amis. Il faut avoir le courage de s'en servir
our nous évader.

— Le courage, nous l'avons, répondit Ladislas
athmar, mais aurons-nous la force ?

8

— Qu'importe ! répondit Étienne Bathory. Si la force nous manque, nous mourrons quelques heures plus tôt, voilà tout !

— Il ne faut pas mourir, Étienne, répondit le comte Sandorf. Écoute-moi bien, et vous aussi, Ladislas, ne perdez rien de mes paroles. Si nous possédions une corde, nous n'hésiterions pas à la suspendre en dehors de cette fenêtre pour nous laisser glisser jusqu'au sol ? Or, ce câble vaut mieux qu'une corde, à raison même de sa rigidité, et il devra rendre la descente plus facile. Comme tous les conducteurs de paratonnerre, nul doute qu'il ne soit maintenu à la muraille par des crampons de fer. Ces crampons seront autant de points fixes sur lesquels nos pieds pourront trouver un appui. Pas de balancements à craindre, puisque ce câble est fixé au mur. Pas de vertige à redouter, puisqu'il fait nuit et que nous ne verrons rien du vide. Donc que cette fenêtre nous livre passage, et, avec du sang-froid, avec du courage, nous pouvons être libres ! Qu'il y ait à risquer sa vie, c'est possible ! Mais n'y eût-il que dix chances sur cent, qu'il importe, puisque demain matin, si les gardiens nous trouvent dans cette cellule, c'est cent chances sur cent que nous avons de mourir !

— Soit, répondit Ladislas Zathmar.

— Où aboutit cette chaîne ? demanda Étienne
Bathory.

— A quelque puits, sans doute, répondit le
comte Sandorf, mais certainement en dehors du
donjon, et il ne nous en faut pas davantage. Je
le sais, je ne veux voir qu'une chose, c'est qu'au
bout de cette chaîne, il y a la liberté... peut-être ! »

Le comte Sandorf ne se trompait pas en disant
que le conducteur du paratonnerre devait être
retenu au mur par des crampons, scellés de distance en distance. De là, une plus grande facilité
pour descendre, puisque les fugitifs auraient là
comme autant d'échelons, qui les garantiraient
contre un glissement trop rapide. Mais, ce qu'ils
ignoraient, c'est qu'à partir de la crête du plateau
sur lequel se dressait la muraille du donjon, ce
câble de fer devenait libre, flottant, abandonné dans
le vide, et que son extrémité inférieure plongeait
dans les eaux mêmes de la Foïba, alors grossies
par des pluies récentes. Là où ils devaient compter
qu'ils trouveraient le sol ferme, au fond de cette
gorge, il n'y avait qu'un torrent, qui se précipitait
impétueusement à travers la caverne du Buco.
D'ailleurs, s'ils l'eussent su, auraient-ils reculé
dans leur tentative d'évasion ? Non !

« Mourir pour mourir, eût dit Mathias Sandorf,

mourons, après avoir tout fait pour échapper à la mort ! »

Et d'abord, il fallait s'ouvrir un passage à travers la fenêtre. Ce croisillon qui l'obstruait, il fallait l'arracher. Était-ce possible sans une pince, sans une tenaille, sans un outil quelconque ? Les prisonniers ne possédaient pas même un couteau.

« Le reste ne sera que difficile, dit Mathias Sandorf, mais là est peut-être l'impossible ! A l'œuvre ! »

Cela dit, le comte Sandorf se hissa jusqu'à la fenêtre, saisit vigoureusement le croisillon d'une main, et sentit qu'il ne faudrait peut-être pas un très grand effort pour l'arracher.

En effet, les barreaux de fer qui le formaient, jouaient quelque peu dans leurs alvéoles. La pierre, éclatée aux angles, n'offrait plus qu'une assez médiocre résistance. Très probablement, la chaîne du paratonnerre, avant que certaines réparations n'y eussent été faites, devait avoir été dans de mauvaises conditions de conductibilité. Il était probable que des étincelles du fluide, attirées par ce fer du croisillon, avaient alors attaqué le mur même, et l'on sait que sa puissance est pour ainsi dire sans bornes. De là, ces cassures aux alvéoles, dans lesquelles s'enfonçait le bout des barreaux, et une décomposition de la pierre, réduite à une sorte d'état spongieux, comme si elle eût été criblée de millions de points électriques.

Ce fut Étienne Bathory, qui donna en quelques mots l'explication de ce phénomène, dès qu'il l'eut observé à son tour.

Mais il ne s'agissait pas d'expliquer, il s'agissait de se mettre à la besogne, sans perdre un instant. Si l'on parvenait à dégager l'extrémité des barreaux, après avoir fait sauter les angles de leurs alvéoles, peut-être serait-il facile ensuite de repousser le croisillon jusqu'à l'extérieur, puisque l'embrasure s'évasait du dedans au dehors, puis de le laisser tomber dans le vide. Le bruit de sa chute ne pourrait être entendu au milieu de ces longs roulements du tonnerre, qui se propageaient déjà et sans discontinuité dans les basses zones du ciel.

« Mais nous ne pouvons déchirer cette pierre avec nos mains ! dit Ladislas Zathmar.

— Non ! répondit le comte Sandorf. Il nous faudrait un morceau de fer, une lame... »

Cela était nécessaire, en effet. Si friable que fût la paroi au bord des alvéoles, les ongles se seraient brisés, les doigts se seraient ensanglantés, à essayer de la réduire en poussière. On n'y parviendrait pas, sans employer ne fût-ce qu'un clou.

Le comte Sandorf regardait autour de lui à la

vague lueur que le couloir, faiblement éclairé, envoyait dans la cellule par l'imposte de la porte. De la main il tâtait les murs, auxquels il se pouvait qu'un clou eût été fiché. Il ne trouva rien.

Alors il eut l'idée qu'il ne serait peut-être pas impossible de démonter un des pieds des lits de fer, scellés à la paroi. Tous trois se mirent à l'œuvre, et bientôt Étienne Bathory interrompit le travail de ses deux compagnons en les appelant à voix basse.

La rivure de l'une des lames métalliques, dont l'entrecroisement formait le fond de son lit, avait cédé. Il suffisait donc de saisir cette lame par son extrémité, devenue libre, et de la plier dans les deux sens, à plusieurs reprises, pour la détacher de l'armature.

C'est ce qui fut fait en un tour de main. Le comte Sandorf eut alors en sa possession une lame de fer longue de cinq pouces, large d'un pouce, qu'il emmancha dans sa cravate; puis, il revint près de l'embrasure et commença à user le bord extérieur des quatre alvéoles.

Cela ne pouvait se faire sans quelque bruit. Heureusement, le grondement de la foudre devait le couvrir. Pendant les accalmies de l'orage, le comte Sandorf s'arrêtait, et il reprenait aussitôt son travail, qui marchait rapidement.

Étienne Bathory et Ladislas Zathmar, postés près de la porte, écoutaient, afin de l'interrompre, lorsque le factionnaire se rapprochait de la cellule.

Soudain, un « Chut..., s'échappant des lèvres de Ladislas Zathmar, le travail cessa soudain.

« Qu'y a-t-il ? demanda Étienne Bathory.

— Ecoutez, » répondit Ladislas Zathmar.

Il avait précisément placé son oreille au foyer de la courbe ellipsoïdale, et, de nouveau, se produisait le phénomène d'acoustique, qui avait livré aux prisonniers le secret de la trahison.

Voici les lambeaux de phrases qui purent encore être saisis, à de courts intervalles :

« Demain... mis... liberté...

. . . .

— Oui... écrou... levé... et...

. . . .

— ... Après l'exécution... Puis... rejoindrai mon camarade Zirone, qui doit m'attendre en Sicile...

. . . .

— Vous n'auriez pas fait un long séjour au donjon de... »

. . . .

C'était évidemment Sarcany et un gardien qui causaient. De plus, Sarcany venait de prononcer le nom d'un certain Zirone, lequel devait être mêlé à toute cette affaire, — nom que Mathias Sandorf retint soigneusement.

Malheureusement, le dernier mot qu'il eût été si utile aux prisonniers de connaître, n'arriva pas jusqu'à eux. Sur la fin de la dernière phrase, un violent coup de foudre avait éclaté, et, pendant que le courant électrique suivait le conducteur du paratonnerre, des aigrettes lumineuses s'échappèrent de cette lame métallique que le comte Sandorf tenait à la main. Sans l'étoffe de soie qui l'entourait, il eût été sans doute atteint par le fluide.

Ainsi, le dernier mot, le nom de ce donjon, s'était perdu dans l'intense éclat du tonnerre. Les prisonniers n'avaient pu l'entendre. Et pourtant, de savoir en quelle forteresse ils étaient renfermés, à travers quel pays il leur faudrait fuir, combien cela eût accru les chances d'une évasion, pratiquée dans ces conditions si difficiles !

Le comte Sandorf s'était remis à l'œuvre. Trois alvéoles sur quatre étaient déjà rongées au point que le bout des barreaux en pouvait librement sortir. La quatrième fut alors attaquée à la lueur des éclairs, qui illuminait incessamment l'espace.

A dix heures et demie, le travail était entièrement achevé. Le croisillon, dégagé des parois, pouvait glisser à travers l'embrasure. Il n'y avait plus qu'à le repousser pour qu'il retombât en dehors de la muraille. C'est ce qui fut fait, dès que Ladislas Zathmar eut entendu la sentinelle s'éloigner vers le fond du couloir.

Le croisillon, chassé vers la baie extérieure de la fenêtre, culbuta et disparut.

C'était au moment d'une accalmie de la tourmente. Le comte Sandorf prêta l'oreille, afin d'écouter le bruit que devait faire ce lourd appareil en tombant sur le sol. Il n'entendit rien.

« Le donjon doit être bâti sur quelque haute roche qui domine la vallée, fit observer Étienne Bathory.

— Peu importe la hauteur! répondit le comte Sandorf. Il n'est pas douteux que le câble du paratonnerre n'arrive jusqu'au sol, puisque cela est nécessaire à son fonctionnement. Donc, il nous permettra de l'atteindre, sans risquer une chute! »

Raisonnement juste en général, mais faux en l'espèce, puisque l'extrémité du conducteur plongeait dans les eaux de la Foïba.

Enfin, la fenêtre libre, le moment de fuir était venu.

« Mes amis, dit Mathias Sandorf, voici comment nous allons procéder. Je suis le plus jeune, et, je crois, le plus vigoureux. C'est donc à moi d'essayer

le premier de descendre le long de ce câble de fer.
Au cas où quelque obstacle, impossible à prévoir,
m'empêcherait d'atteindre le sol, peut-être auraisje la force de remonter jusqu'à la fenêtre. Deux
minutes après moi, Étienne, tu te glisseras par
cette embrasure et tu me rejoindras. Deux minutes après lui, Ladislas, vous prendrez le même
chemin. Lorsque nous serons réunis tous les trois
au pied du donjon, nous agirons selon les circonstances.

— Nous t'obéirons, Mathias, répondit Étienne
Bathory. Oui ! nous ferons ce que tu nous diras de
faire, nous irons où tu nous diras d'aller. Mais nous
ne voulons pas que tu prennes la plus grande part
des dangers pour toi seul...

— Nos existences ne valent pas la vôtre ! ajouta
Ladislas Zathmar.

— Elles se valent en face d'un acte de justice
à accomplir, répondit le comte Sandorf, et si l'un
de nous est seul à survivre, c'est lui qui se fera le
justicier ! Embrassez-moi, mes amis ! »

Ces trois hommes s'étreignirent avec effusion, et
il sembla qu'ils eussent puisé une plus grande énergie dans cette étreinte.

Alors, tandis que Ladislas Zathmar faisait le guet
à la porte de la cellule, le comte Sandorf s'introdui-

sit à travers la baie. Un instant après, il était suspendu dans le vide. Puis, pendant que ses genoux pressaient le cable de fer, il se laissa glisser main sous main, cherchant du pied les crampons d'attache pour s'y appuyer un instant.

L'orage éclatait alors avec une extraordinaire violence. Il ne pleuvait pas, mais le vent était effroyable. Un éclair n'attendait pas l'autre. Leurs zig-zags se croisaient au-dessus du donjon, qui les attirait par sa situation isolée à une grande hauteur. La pointe du paratonnerre brillait d'une lueur blanchâtre que le fluide y accumulait sous forme d'aigrette, et sa tige oscillait sous les coups de la rafale.

On conçoit quel danger il y avait à se suspendre à ce conducteur que suivait incessamment le courant électrique pour aller se perdre dans les eaux de ce gouffre du Buco. Si l'appareil était en bon état, il n'y avait aucun risque d'être frappé, car l'extrême conductibilité du métal, comparée à celle du corps humain, qui est infiniment moindre, devait préserver l'audacieux suspendu à ce câble. Mais, pour peu que la pointe du paratonnerre fût émoussée, ou qu'il y eût une solution de continuité dans le cable, ou qu'une rupture vînt à se produire à sa partie inférieure, un foudroiement était possible

par la réunion des deux courants [1], positif et néga-
tif, même sans qu'il y eût éclat de la foudre, c'est-
à-dire rien que par la tension du fluide accumulé
dans l'appareil défectueux.

Le comte Sandorf n'ignorait pas le danger auquel
il s'exposait. Un sentiment plus puissant que l'instinct de la conservation le lui faisait braver. Il
descendait lentement, prudemment, au milieu des
effluves électriques, qui le baignaient tout entier.
Son pied cherchait, le long du mur, chaque crampon
d'attache et s'y reposait un instant. Puis, lorsqu'un
vaste éclair illuminait l'abîme ouvert au-dessous de
lui, il essayait, mais en vain, d'en reconnaître la profondeur.

Lorsque Mathias Sandorf fut ainsi descendu d'une
soixantaine de pieds depuis la fenêtre de la cellule,
il sentit un point d'appui plus assuré. C'était une
sorte de banquette, large de quelques pouces, qui
excédait le soubassement de la muraille. Quant au
conducteur du paratonnerre, il ne se terminait pas
à cet endroit, il descendait plus bas, et, en réalité,
— ce que le fugitif ne pouvait savoir, — c'était à

---

1. C'est ainsi qu'en 1753, Richemann fut tué par une
étincelle grosse comme le poing, bien qu'il fût placé à
quelque distance d'un paratonnerre, dont il avait interrompu la conduite.

partir de ce point qu'il flottait, tantôt longeant la paroi rocheuse, tantôt balancé dans le vide, lorsqu'il se heurtait à quelques saillies qui surplombaient l'abîme.

Le comte Sandorf s'arrêta pour reprendre haleine. Ses deux pieds reposaient alors sur le rebord de la banquette, sa main tenant toujours le câble de fer. Il comprit qu'il avait atteint la première assise du donjon à sa base. Mais de quelle hauteur dominait-il la vallée inférieure, c'est ce qu'il ne pouvait encore estimer.

« Cela doit être profond, » pensa-t-il.

En effet, de grands oiseaux, effarés, emportés dans l'aveuglante illumination des éclairs, volaient autour de lui à brusques coups d'ailes, et au lieu de s'élever dans leur vol, ils plongeaient vers le vide. De là, cette conséquence, c'est qu'un précipice, un abîme peut-être, devait se creuser au-dessous de lui.

A ce moment, un bruit se fit entendre à la partie supérieure du câble de fer. A travers la rapide lueur d'un éclair, le comte Sandorf vit confusément une masse se détacher de la muraille.

C'était Étienne Bathory qui se glissait hors de la fenêtre. Il venait de saisir le conducteur métallique et se laissait glisser lentement pour rejoindre

Mathias Sandorf. Celui-ci l'attendait, les pieds solidement appuyés sur le rebord de pierre. Là, Étienne Bathory devait s'arrêter à son tour, pendant que son compagnon continuerait à descendre.

En quelques instants, tous deux furent l'un près de l'autre, soutenus par la banquette.

Dès que les derniers roulements du tonnerre eurent cessé, ils purent parler et s'entendre.

« Et Ladislas? demanda le comte Sandorf.

— Il sera ici dans une minute.

— Rien à craindre là-haut?

— Rien.

— Bien! Je vais faire place à Ladislas, et toi, Étienne, tu attendras qu'il t'ait rejoint à cette place.

— C'est convenu. »

Un immense éclair les enveloppa tous les deux en ce moment. Comme si le fluide, courant à travers le câble, eût pénétré jusque dans leurs nerfs, ils se crurent foudroyés.

« Mathias!... Mathias! s'écria Étienne Bathory, sous une impression de terreur dont il ne fut pas maître.

— Du sang-froid!... Je descends!... Tu me suivras! » répondit le comte Sandorf.

Et déjà il avait saisi la chaîne, avec l'intention de se laisser glisser jusqu'au premier crampon inférieur sur lequel il comptait s'arrêter pour attendre son compagnon.

Soudain, des cris se firent entendre vers le haut du donjon. Ils semblaient venir de la fenêtre de la cellule. Puis, ces mots retentirent :

« Sauvez-vous ! »

C'était la voix de Ladislas Zathmar.

Presque aussitôt, une vive lumière fusait hors de la muraille, suivie d'une détonation sèche et sans écho. Cette fois, ce n'était pas la ligne brisée d'un éclair, qui rayait l'ombre, ce n'était pas l'éclat de la foudre, qui venait de rouler dans l'espace. Un coup de feu avait été tiré, au hasard, sans doute, à travers quelque embrasure du donjon. Que ce fût un signal des gardiens ou qu'une balle eût été adressée aux fugitifs, l'évasion n'en était pas moins découverte.

En effet, le factionnaire, ayant entendu quelque bruit, avait appelé, et cinq ou six gardiens s'étaient précipités dans la cellule. L'absence de deux des prisonniers avait été aussitôt reconnue. Or, l'état de la fenêtre prouvait qu'ils n'avaient pu s'enfuir que par cette ouverture. C'est alors que Ladislas Zathmar avant qu'on eût pu l'en empêcher, se penchant au dehors de l'embrasure, leur avait donné l'a-larme.

« Le malheureux! s'écria Étienne Bathory. L'abandonner!... Mathias!.. l'abandonner! »

Un second coup de fusil éclata, et, cette fois, la détonation se confondit avec les roulements de la foudre.

« Dieu le prenne en pitié! répondit le comte Sandorf. Mais il faut fuir... ne fût-ce que pour le venger!.. Viens, Étienne, viens! »

Il n'était que temps. D'autres fenêtres, percées aux étages inférieurs du donjon, venaient de s'ou-vrir. De nouvelles décharges les illuminaient. On entendait aussi de bruyants éclats de voix. Peut-être les gardiens, en suivant la banquette qui con-tournait le pied du mur, allaient ils couper la retraite aux fugitifs? Peut-être, aussi, pouvait-ils être atteints par des coups de feu, tirés d'une autre partie du donjon?

« Viens! » s'écria une dernière fois le comte San-dorf.

Et il se laissa glisser le long du cable de fer qu'Étienne Bathory saisit aussitôt.

Alors tous deux s'aperçurent que ce câble flottait dans le vide au-dessous de la banquette. De points d'appui, de crampons d'attache, pour reprendre repos ou haleine, il n'y en avait plus. Tous deux étaient abandonnés au ballant de cette chaîne oscillante qui leur déchirait les mains. Ils descendaient, les genoux serrés, sans pouvoir se retenir, pendant que des balles sifflaient à leurs oreilles.

Pendant une minute, sur une longueur de plus de quatre-vingts pieds, ils s'affalèrent ainsi, se demandant si cet abîme, dans lequel ils s'engouffraient était sans fond. Déjà des mugissements d'une eau furieuse se propageaient au-dessous d'eux. Ils comprirent alors que le conducteur du paratonnerre aboutissait à quelque torrent. Mais que faire ? Ils eussent voulu remonter en se hissant le long du câble, que la force leur eût manqué pour regagner la base du donjon. D'ailleurs, mort pour mort, mieux valait encore celle qui les attendait dans ces profondeurs.

En ce moment, un effroyable coup de foudre éclata au milieu d'une intense lueur électrique. Bien que la tige du paratonnerre n'eût point été directement frappée sur le faîte du donjon, la tension du fluide fut telle, cette fois, que le conducteur rougit à blanc à son passage, comme un fil de platine sous la décharge d'une batterie ou d'une pile.

Étienne Bathory, jetant un cri de douleur, lâcha prise.

Mathias Sandorf le vit passer près de lui, presque à le toucher, les bras étendus.

A son tour, il dût lâcher le câble de fer qui lui brûlait les mains, et il tomba de plus de quarante pieds de hauteur dans le torrent de la Foïba, au fond de ce gouffre inconnu du Buco.

VII

LE TORRENT DE LA FOIBA.

Il était environ onze heures du soir. Les nuages orageux commençaient à se résoudre en de violentes averses. A la pluie se mêlaient d'énormes grêlons, qui mitraillaient les eaux de la Foïba et crépitaient sur les roches voisines. Les coups de feu, partis des embrasures du donjon, avaient cessé. A quoi bon user tant de balles contre les fugitifs! La Foïba ne pouvait rendre que des cadavres, si même elle en rendait!

A peine le comte Sandorf eut-il été plongé dans le torrent, qu'il se sentit irrésistiblement entraîné à travers le Buco. En quelques instants, il passa de l'intense lumière, dont l'électricité emplissait le fond du gouffre, à la plus profonde obscurité. Le mugissement des eaux avait remplacé les éclats de la foudre. L'impénétrable caverne ne laissait plus rien passer des bruits ni des lueurs du dehors.

« A moi!... »

Ce cri se fit entendre. C'était Étienne Bathory qui l'avait jeté. La froideur des eaux venait de le rappeler à la vie; mais il ne pouvait se soutenir à leur surface, et il se fût noyé, si un bras vigoureux ne l'eût saisi au moment où il 'allait disparaître.

« Je suis là... Étienne!... Ne crains rien! »

Le comte Sandorf, près de son compagnon, le soulevait d'une main, tandis qu'il nageait de l'autre.

La situation était extrêmement critique. Étienne Bathory pouvait à peine s'aider de ses membres, à demi paralysés par le passage du fluide électrique. Si la brûlure de ses mains s'était sensiblement amoindrie au contact de ces froides eaux, l'état d'inertie dans lequel il se trouvait ne lui permettait pas de s'en servir. Le comte Sandorf n'aurait pu l'abandonner un instant, sans qu'il eût été englouti, et pourtant il avait assez de se sauvegarder lui-même.

Puis, il y avait cette incertitude complète sur la direction que suivait ce torrent, en quel endroit du pays il aboutissait, en quelle rivière ou en quelle

mer il allait se perdre. Quand bien même Mathias
Sandorf eût su que cette rivière était la Foïba,
sa situation n'aurait pas été moins désespérée,
puisqu'on ignore où se déversent ses eaux impé-
tueuses. Des bouteilles fermées, jetées à l'entrée
de la caverne, n'avaient jamais reparu en aucun
tributaire de la péninsule istrienne, soit qu'elles se
fussent brisées dans leur parcours à travers cette
sombre substruction, soit que ces masses liquides
les eussent entraînées en quelque gouffre de l'écorce
terrestre.

Cependant, les fugitifs étaient emportés avec une
extrême vitesse, — ce qui leur rendait plus facile de
se soutenir à la surface de l'eau. Étienne Bathory
n'avait plus conscience de son état. Il était comme
un corps inerte entre les mains du comte Sandorf.
Celui-ci luttait pour deux, mais il sentait bien qu'il
finirait par s'épuiser. Aux dangers d'être heurté
contre quelque saillie rocheuse, aux flancs de la
caverne ou aux pendentifs de la voûte, il s'en joi-
gnait de plus grands encore : c'était, surtout, d'être
pris dans un de ces tourbillons que formaient de
nombreux remous, là où un brusque retour de la
paroi brisait et modifiait le courant régulier. Vingt
fois, Mathias Sandorf se sentit saisi avec son compagnon dans un de ces suçoirs liquides, qui l'atti-

raient irrésistiblement par un effet de Maëlstrom. Enlacés alors dans un mouvement giratoire, puis rejetés à la périphérie du tourbillon, comme la pierre au bout d'une fronde, ils ne parvenaient à en sortir qu'au moment où le remous venait à se rompre.

Un demi-heure s'écoula dans ces conditions avec la mort probable à chaque minute, à chaque seconde. Mathias Sandorf, doué d'une énergie sur-humaine, n'avait pas encore faibli. En somme, il était heureux que son compagnon fût à peu près privé de sentiment. S'il avait eu l'instinct de la conservation, il se serait débattu. Il aurait fallu lutter pour le réduire à l'impuissance. Et alors, ou le comte Sandorf eût été forcé de l'abandonner, ou il se fussent engloutis tous deux.

Toutefois, cette situation ne pouvait se prolonger. Les forces de Mathias Sandorf commençaient à s'épuiser sensiblement. En de certains moments, tandis qu'il soulevait la tête d'Étienne Bathory, la sienne s'enfonçait sous la couche liquide. La respiration lui manquait subitement. Il haletait, il étouffait, il avait à se débattre contre un commencement d'asphyxie. Plusieurs fois, même, il dut lâcher son compagnon, dont la tête s'immergeait aussitôt; mais toujours il parvint à le ressaisir, et cela au

milieu de cet entraînement des eaux qui, gonflées
en certains points resserrés du canal, déferlaient
avec un effroyable bruit.

Bientôt le comte Sandorf se sentit perdu. Le
corps d'Étienne Bathory lui échappa définitivement.
Par un dernier effort, il essaya de le reprendre...
Il ne le trouva plus, et lui-même s'enfonça dans les
nappes inférieures du torrent.

Soudain, un choc violent lui déchira l'épaule. Il
étendit la main, instinctivement. Ses doigts, en se
refermant, saisirent une touffe de racines, qui pendaient dans les eaux.

Ces racines étaient celles d'un tronc d'arbre,
emporté par le torrent. Mathias Sandorf se cram-
ponna solidement à cette épave, et revint à la
surface de la Foïba. Puis, pendant qu'il se rete-
nait d'une main à la touffe, il chercha de l'autre
son compagnon.

Un instant après, Étienne Bathory était saisi par
le bras, et, après de violents efforts, hissé sur le
tronc d'arbre, où Mathias Sandorf prit place à son
tour. Tous deux étaient momentanément hors de
ce danger immédiat d'être noyés, mais liés au sort
même de cette épave, livrée aux caprices des
rapides du Buco.

Le comte Sandorf avait pendant un instant perdu

connaissance. Aussi, son premier soin fut-il de s'assurer qu'Étienne Bathory ne pouvait glisser du tronc d'arbre. Par surcroît de précaution, d'ailleurs, il se plaça derrière lui, de manière à pouvoir le soutenir. Ainsi posé, il regardait en avant. Pour le cas où quelque lueur du jour pénétrerait dans la caverne, il serait à même de l'apercevoir et d'observer l'état des eaux à leur sortie d'aval. Mais rien n'indiquait qu'il fût près d'atteindre l'issue de cet interminable canal.

Cependant, la situation des fugitifs s'était quelque peu améliorée. Ce tronc d'arbre mesurait une dizaine de pieds dans sa longueur, et ses racines, en s'appuyant sur les eaux, devaient faire obstacle à ce qu'il se retournât brusquement. A moins de chocs violents, sa stabilité paraissait assurée, malgré les dénivellations de la masse liquide. Quant à sa vitesse, elle ne pouvait pas être estimée à moins de trois lieues à l'heure, étant égale à celle du torrent qui l'entraînait.

Mathias Sandorf avait repris tout son sang-froid. Il essaya alors de ranimer son compagnon, dont la tête reposait sur ses genoux. Il s'assura que son cœur battait toujours, mais qu'il respirait à peine. Il se pencha sur sa bouche pour insuffler un peu d'air à ses poumons. Peut-être les premières atteintes de l'asphyxie n'avaient-elles point produit en son organisme d'irréparables désordres !

En effet, Étienne Bathory fit bientôt un léger mouvement. Des expirations plus accentuées entr'ouvrirent ses lèvres. Enfin, quelques mots s'échappèrent de sa bouche :

« Ma femme !... Mon fils !... Mathias ! »

C'était toute sa vie qui tenait dans ces mots.

« Étienne, m'entends-tu ?... m'entends-tu ? demanda le comte Sandorf, qui dut crier au milieu des mugissements dont le torrent emplissait les voûtes du Buco.

— Oui... oui... ! Je t'entends !... Parle !... Parle !... Ta main dans la mienne !

— Étienne, nous ne sommes plus dans un danger immédiat, répondit le comte Sandorf. Une épave nous emporte... Où ?... Je ne puis le dire, mais du moins, elle ne nous manquera pas !

— Mathias, et le donjon ?...

— Nous en sommes loin déjà ! On doit croire que nous avons trouvé la mort dans les eaux de ce gouffre, et, certainement, on ne peut songer à nous y poursuivre ! En quelque endroit que se déverse ce torrent, mer ou rivière, nous y arriverons, et nous y arriverons vivants ! Que le courage ne t'abandonne pas, Étienne ! Je veille sur toi ! Repose encore et reprends les forces dont tu auras bientôt besoin ! Dans quelques heures, nous serons sauvés ! Nous serons libres !

— Et Ladislas ! » murmura Étienne Bathory.

Mathias Sandorf ne répondit pas. Qu'aurait-il pu répondre ? Ladislas Zathmar, après avoir jeté le cri d'alarme à travers la fenêtre de la cellule, avait dû être mis dans l'impossibilité de fuir. Maintenant, gardé à vue, ses compagnons ne pouvaient rien pour lui !

Cependant, Étienne Bathory avait laissé retomber sa tête en arrière. L'énergie physique lui manquait pour vaincre sa torpeur. Mais Mathias Sandorf veillait sur lui, prêt à tout, même à abandonner l'épave, si elle venait à se briser contre un de ces obstacles qu'il était impossible d'éviter au milieu de si profondes ténèbres.

Il devait être environ deux heures du matin, lorsque la vitesse du courant, et par conséquent celle du tronc d'arbre, parut diminuer assez sensiblement. Sans doute, le canal commençait à s'élargir, et les eaux, trouvant un plus libre passage entre ses parois, prenaient une allure plus modérée. Peut-être pouvait-on également en conclure que l'extrémité de cette trouée souterraine ne devait pas être éloignée.

Mais, en même temps, si les parois s'écartaient, la voûte tendait à s'abaisser. En levant la main, le comte Sandorf put effleurer les schistes irréguliers, qui talonnaient au-dessus de sa tête. Parfois aussi, il entendait comme un bruit de frottement : c'étaient quelque racine de l'arbre, dressée verticalement, dont l'extrémité frôlait la voûte. De là, de violentes secousses imprimées au tronc, qui basculait et dont la direction se modifiait. Pris de travers, roulant sur lui-même, il tournoyait alors, et les fugitifs pouvaient craindre d'en être arrachés.

Ce danger évité, — après s'être reproduit plusieurs fois, — il en restait un autre, dont le comte Sandorf calculait froidement toutes les conséquences : c'était celui qui pouvait résulter de l'abaissement continu de la voûte du Buco. Déjà il n'avait pu y échapper qu'en se renversant brusquement en arrière, dès que sa main rencontrait une saillie de roc. Lui faudrait-il donc se replonger dans le courant ? Lui, il pourrait le tenter encore, mais son compagnon, comment parviendrait-il à le soutenir entre deux eaux ? Et si le canal souterrain s'abaissait ainsi sur un long parcours, serait-il possible d'en sortir vivant ? Non, et c'eût été la mort définitive, après tant de morts évitées jusque-là !

Mathias Sandorf, si énergique qu'il fût, sentait l'angoisse lui serrer le cœur. Il comprenait que le moment suprême approchait. Les racines du tronc se frottaient plus durement aux rocs de la voûte, et par instants, sa partie supérieure s'immergeait si profondément que la nappe d'eau le recouvrait tout entier.

« Cependant, se disait le comte Sandorf, l'issue de cette caverne ne peut être éloignée maintenant ! »

Et alors il cherchait à voir si quelque vague lueur ne filtrait pas dans l'ombre en avant de lui. Peut-être la nuit était-elle assez avancée, à cette heure, pour que l'obscurité ne fût plus complète au dehors ? Peut-être, aussi, les éclairs illuminaient-ils encore l'espace au delà du Buco ? Dans ce cas, un peu de jour eût pénétré à travers ce canal, qui menaçait de ne plus suffire à l'écoulement de la Foïba.

Mais rien ! Toujours ténèbres absolues et mugissements de ces eaux, dont l'écume même restait noire !

Tout à coup, il se fit un choc d'une extrême violence. Par son extrémité antérieure, le tronc d'arbre venait de heurter un énorme pendentif de la voûte. Sous la secousse, il culbuta complètement. Mais le comte Sandorf ne le lâcha pas. D'une main cramponné désespérément aux racines, de l'autre il maintint son compagnon, au moment où il allait être emporté. Puis, il se laissa couler avec lui dans la masse des eaux, qui se brisaient alors contre la voûte.

Cela dura près d'une minute. Mathias Sandorf eut le sentiment qu'il était perdu. Instinctivement, il retint sa respiration, afin de ménager le peu d'air que renfermait encore sa poitrine.

Soudain, à travers la masse liquide, bien que ses paupières fussent closes, il eut l'impression d'une assez vive lueur. Un éclair venait de jaillir, qui fut immédiatement suivi du fracas de la foudre.

Enfin, c'était la lumière !

En effet, la Foïba, sortie de ce sombre canal, avait repris son cours à ciel ouvert. Mais vers quel point du littoral se dirigeait-elle? Sur quelle mer se découpait son embouchure? C'était toujours l'insoluble question, — question de vie ou de mort.

Le tronc d'arbre avait remonté à la surface. Étienne Bathory était toujours tenu par Mathias Sandorf, qui, par un vigoureux effort, parvint à le rehisser sur l'épave et à reprendre sa place en arrière.

Puis, il regarda devant lui, autour de lui, au-dessus de lui.

Une masse sombre commençait à s'effacer en

amont. C'était l'énorme rocher du Buco, dans lequel s'ouvrait la trouée souterraine qui livrait passage aux eaux de la Foïba. Le jour se manifestait déjà par de légères lueurs éparses au zénith, vagues comme ces nébuleuses que l'œil peut à peine percevoir par les belles nuits d'hiver. De temps en temps, quelques éclairs blanchâtres illuminaient les arrière-plans de l'horizon, au milieu des roulements continus mais sourds de la foudre. L'orage s'éloignait ou s'éteignait peu à peu, après avoir usé toute la matière électrique accumulée dans l'espace.

A droite, à gauche, Mathias Sandorf porta ses regards, non sans une vive anxiété. Il put voir alors que la rivière coulait entre deux hauts contreforts et toujours avec une extrême vitesse.

C'était donc un rapide qui emportait encore les fugitifs au milieu de ses remous et tourbillons. Mais enfin l'infini s'étendait au-dessus de leur tête, et non plus cette voûte surbaissée, dont les saillies menaçaient à chaque instant de leur briser le crâne. D'ailleurs, pas de berge, sur laquelle ils eussent pu prendre pied, pas même un talus où le débarquement fut possible. Deux hautes murailles accores encaissaient l'étroite Foïba. En somme, le canal resserré, avec ses parois verticales, lissées par les eaux, moins son plafond de pierre.

Cependant, cette dernière immersion venait de ranimer Étienne Bathory. Sa main avait cherché la main de Mathias Sandorf. Celui-ci s'était penché et lui disait :

« Sauvés ! »

Mais, ce mot, avait-il donc le droit de le prononcer ? Sauvés, quand il ne savait même pas où se jetait cette rivière, ni quelle contrée elle traversait, ni quand il pourrait abandonner cette épave ? Cependant, tel était son énergie qu'il se redressa sur l'arbre et répéta par trois fois ce mot d'une voix retentissante :

« Sauvés ! Sauvés ! Sauvés ! »

D'ailleurs, qui eût pu l'entendre ? Personne sur ces falaises rocheuses, auxquelles manque l'humus, faites de cailloux et de schistes stratifiés, où il n'y a même pas assez de terre végétale pour nourrir des broussailles. La contrée, qui se cachait derrière les hautes rives, ne pouvait attirer aucun être humain. C'était un pays désolé que traversait cette Foïba, emprisonnée comme l'est un canal de dérivation dans ses murs de granit. Aucun ruisseau ne l'alimentait sur son parcours. Pas un oiseau ne rasait sa surface, pas un poisson, même, ne pouvait s'aventurer dans ses eaux trop rapides. Çà et là émergeaient de grosses roches, dont la crête, ab-

solument sèche, indiquait que toutes les violences
de ce cours d'eau n'étaient dues qu'à une crue
momentanée, produite par les dernières pluies. En
temps ordinaire, ce lit de la Foïba ne devait être
qu'une ravine.

D'ailleurs, il n'y avait pas à craindre que le tronc
d'arbre fût jeté sur ces roches. Il les évitait de lui-
même, rien qu'en suivant le fil du courant, qui les
contournait. Mais aussi, il eût été impossible de l'en
faire sortir ni d'enrayer sa vitesse, pour accoster un
point quelconque des rives, dans le cas où un débarquement aurait été praticable.

Une heure encore se passa, dans ces conditions,
sans qu'il y eut à se préoccuper d'un danger immédiat. Les derniers éclairs venaient de s'éteindre
à travers l'espace. Au loin, le météore orageux ne
se manifestait plus que par de sourds roulements
que répercutaient les hauts nuages, dont les longues strates rayaient l'horizon. Déjà le jour s'ac-
centuait et blanchissait l'azur purifié par les rafales
de la nuit. Il devait être environ quatre heures du
matin.

Étienne Bathory, à demi relevé, reposait entre les
bras du comte Sandorf, qui veillait pour tous deux.

En ce moment, une détonation lointaine se fit
entendre dans la direction du sud-ouest.

« Qu'est cela? se demanda Mathias Sandorf. Est-ce un coup de canon qui annonce l'ouverture d'un port? Dans ce cas, nous ne serions pas éloignés du littoral! Quel pourrait être ce port? Trieste? Non, puisque voici l'orient, de ce côté où va monter le soleil! Serait-ce Pola, à l'extrémité sud de l'Istrie? Mais alors... »

Une seconde détonation retentit encore et fut presque aussitôt suivie d'une troisième.

« Trois coups de canon? se dit le comte Sandorf. Ne serait-ce pas plutôt le signal d'un embargo mis sur les navires qui voudraient prendre la mer? Cela a-t-il quelque rapport avec notre évasion? »

Il pouvait le craindre. Certainement, les autorités n'avaient rien dû négliger pour empêcher les fugitifs de s'enfuir, en se jetant dans quelque embarcation du littoral.

« Que Dieu nous vienne maintenant en aide! murmura le comte Sandorf. Lui seul le peut! »

Cependant, les hautes falaises qui encadraient la Foïba commençaient à s'abaisser en s'écartant l'une de l'autre. Toutefois, on ne pouvait encore rien reconnaître du pays environnant. De brusques coudes masquaient l'horizon et bornaient à quelques centaines de pieds le rayon de vue. Aucune orientation n'était possible.

Le lit très élargi de la rivière, toujours désert et silencieux, permettait au courant de se dérouler moins rapidement. Quelques troncs d'arbres, arrachés en amont, descendaient avec une vitesse plus modérée. Cette matinée de juin était assez fraîche. Sous leurs vêtements trempés, les fugitifs grelottaient. Il n'était que temps pour eux de trouver un abri quelconque, où le soleil leur permettrait de se mettre au sec.

Vers cinq heures, les derniers contreforts firent place à de longues et basses rives, se développant à travers un pays plat et dénudé. La Foïba s'épanchait alors, par un lit large d'un demi-mille, dans une assez vaste étendue d'eau stagnante, qui eût mérité le nom de lagon, si ce n'est même celui de lac. Au fond, vers l'ouest, quelques barques, les unes encore mouillées, les autres appareillant aux premiers souffles de la brise, semblaient indiquer que ce lagon n'était qu'un bassin, largement échancré dans le littoral. La mer n'était donc plus éloignée, et de chercher à l'atteindre, cela était tout indiqué. Mais il n'eût pas été prudent d'aller demander refuge à ces pêcheurs. Se fier à eux, au cas où ils auraient eu connaissance de l'évasion, c'était courir les chances d'être livrés aux gendarmes autrichiens, qui devaient maintenant battre la campagne.

Mathias Sandorf ne savait quel parti prendre, lorsque le tronc d'arbre, heurtant une souche à fleur d'eau, sur la rive gauche du lagon, s'arrêta net. Ses racines s'embarassèrent si solidement même dans un massif de broussailles, qu'il vint se ranger le long de la rive, comme un canot à l'appel de son amarre.

Le comte Sandorf débarqua sur la grève, non sans précaution. Il voulait d'abord s'assurer que personne ne pouvait les apercevoir.

Si loin qu'il portât ses regards, il ne vît pas un seul habitant, pêcheur ou autre, sur cette partie du lagon.

Et, cependant, il y avait un homme, étendu sur le sable, à moins de deux cents pas, et qui, de là, pouvait apercevoir les deux fugitifs.

Le comte Sandorf, se croyant en sûreté, redescendit alors jusqu'au niveau du tronc d'arbre, souleva son compagnon dans ses bras, et vint le déposer sur la grève, sans rien savoir de l'endroit où il se trouvait, ni de la direction qu'il conviendrait de suivre.

En réalité, cette étendue d'eau, qui servait d'embouchure à la Foïba, n'était ni un lagon ni un lac, mais un estuaire. On lui donne dans le pays le nom de canal de Lème, et il communique avec l'Adriatique par une étroite coupée entre Orsera et Rovigno, sur la côte occidentale de la péninsule istrienne. Mais on ignorait alors que ce fussent les eaux de la Foïba, emportées à travers le gouffre du Buco à l'époque des grandes pluies, qui vinssent se jeter dans ce canal.

Il y avait sur la rive, à quelques pas, une hutte de chasseur. Le comte Sandorf et Étienne Bathory, après avoir repris un peu de forces, s'y réfugièrent. Là, ils se dépouillèrent de leurs vêtements, que les rayons d'un soleil ardent allaient sécher en peu de temps, et ils attendirent. Les barques de pêche venaient de quitter le canal de Lème, et aussi loin que la vue pouvait s'étendre, la grève semblait être déserte.

A ce moment, l'homme qui avait été témoin de cette scène, se releva, se rapprocha de la hutte comme pour bien en reconnaître la situation; puis, il disparut vers le sud, au tournant d'une falaise peu élevée.

Trois heures après, Mathias Sandorf et son compagnon avaient pu reprendre leurs vêtements, humides encore, mais il fallait partir.

« Nous ne pouvons rester plus longtemps dans cette hutte, dit Étienne Bathory.

— Te sens-tu assez fort pour te remettre en route? lui demanda Mathias Sandorf.

— Je suis surtout épuisé par la faim !

— Essayons donc de gagner le littoral ! Peut-être trouverons-nous l'occasion de nous procurer quelque nourriture et même de nous embarquer ! Viens, Étienne ! »

Et tous deux quittèrent la hutte, évidemment plus affaiblis par la faim que par la fatigue.

L'intention du comte Sandorf était de suivre la rive méridionale du canal de Lème, de manière à atteindre le bord de la mer. Toutefois, si la contrée était déserte, de nombreux ruisseaux la sillonnaient en coulant vers l'estuaire. Sous ce réseau humide, toute la partie, confinant à ses grèves, ne forme qu'une vaste « mollière », dont la vase n'offre aucun solide point d'appui. Il fallut donc la tourner en obliquant vers le sud, — direction qu'il était aisé de reconnaître à la marche ascendante du soleil. Pendant deux heures, les fugitifs allèrent ainsi, sans rencontrer un seul être humain, mais aussi sans avoir pu apaiser la faim qui les dévorait.

Alors le pays devint moins aride. Une route se présenta, courant de l'est à l'ouest, avec une borne milliaire, qui n'apprit rien de cette région à travers laquelle le comte Sandorf et Étienne Bathory s'aventuraient en aveugles. Cependant, quelques haies de mûriers, plus loin un champ de sorgho, leur

10

permirent, sinon d'assouvir leur faim, du moins de tromper les besoins de leur estomac. Ce sorgho, cru sous la dent et mangé à même, ces mûres rafraîchissantes, cela suffirait peut-être pour les empêcher de tomber d'épuisement, avant d'avoir atteint le littoral.

Mais si le pays était plus habitable, si quelques champs cultivés prouvaient que la main de l'homme s'y exerçait, il fallait s'attendre à rencontrer des habitants.

C'est ce qui arriva vers midi.

Cinq ou six piétons apparurent sur la route. Par prudence, Mathias Sandorf ne voulut pas se laisser voir. Très heureusement, il aperçut un enclos, autour d'une ferme en ruines, à une cinquantaine de pas vers la gauche. Là, avant d'avoir été aperçus, son compagnon et lui s'étaient réfugiés au fond d'une sorte de cellier obscur. Au cas où quelque passant s'arrêterait à cette ferme, il y avait des chances pour qu'ils ne fussent pas découverts, dussent-ils y rester jusqu'à la nuit.

Ces piétons étaient des paysans et des paludiers. Les uns conduisaient des troupes d'oies, sans doute au marché d'une ville ou d'un village, qui ne devait pas être très éloigné du canal de Lème. Hommes et femmes étaient vêtus à la mode istrienne, avec les

bijoux, médailles, boucles d'oreilles, croix pecto-
rales, filigranes et pendeloques, qui ornent le costume ordinaire chez les deux sexes. Quant aux
paludiers, plus simplement habillés, le sac au dos,
le bâton à la main, ils se rendaient aux salines du
voisinage, et peut-être même jusqu'aux importantes
exploitations de Stagnon ou de Pirano, dans l'ouest
de la province.

Quelques-uns, en arrivant devant la ferme abandonnée, s'y arrêtèrent un instant, s'assirent même
sur le seuil de la porte. Ils causaient, à voix haute,
non sans une certaine animation, mais uniquement
des choses qui se rapportaient à leur commerce.

Les deux fugitifs, accotés dans un coin, écoutaient. Peut-être ces gens avaient-ils déjà connaissance de l'évasion et en parleraient-ils? Peut-être
aussi diraient-ils quelques mots qui apprendraient
au comte Sandorf en quel endroit de l'Istrie son
compagnon et lui se trouvaient alors?

Aucune parole ne fut échangée à ce sujet, il fallut toujours s'en tenir à de simples conjectures.

« Puisque les gens du pays ne disent rien de
notre évasion, fit observer Mathias Sandorf, on peut
en conclure qu'elle n'est pas encore venue à leur
connaissance!

— Cela tendrait à prouver, répondit Étienne Ba-

thory, que nous sommes déjà assez loin de la forteresse. Étant donnée la rapidité du torrent, qui nous
a entraînés sous terre pendant plus de six heures,
je n'en suis pas autrement surpris.

— Oui, cela doit être ! » dit le comte Sandorf.

Cependant, deux heures plus tard, quelques paludiers, en passant devant l'enclos sans s'y arrêter,
parlèrent d'une brigade de gendarmes qu'ils avaient
rencontrée à la porte de la ville.

Quelle ville ?.., Ils ne la nommèrent pas.

Cela n'était pas de nature à rassurer les deux
fugitifs. Si des gendarmes couraient le pays, c'est
que, très probablement, ils avaient été envoyés à
leur recherche.

« Et pourtant, dit Étienne Bathory, dans les conditions où nous nous sommes échappés, on devrait
nous croire morts et ne point nous poursuivre...

— On ne nous croira morts que lorsqu'on aura
retrouvé nos cadavres ! » répondit Mathias Sandorf.

Quoi qu'il en soit, il n'était pas douteux que la
police fût sur pied et recherchât les fugitifs. Ils
résolurent donc de rester cachés jusqu'à la nuit
dans la ferme. La faim les torturait, mais ils n'osè-
rent quitter leur refuge, et ils firent bien.

Vers cinq heures du soir, en effet, les pas d'une
petite troupe à cheval résonnèrent sur la route.

Le comte Sandorf, qui s'était avancé en rampant jusqu'à la porte de l'enclos, rejoignit précipitamment son compagnon et l'entraîna dans le coin le plus obscur du cellier. Là, tous deux, enfouis sous un tas de broussailles, se tinrent dans la plus complète immobilité.

Une demi-douzaine de gendarmes, commandés par un brigadier, remontaient la route, en se dirigeant vers l'est. S'arrêteraient-ils à la ferme ? Le comte Sandorf se le demanda, non sans une vive anxiété. Si les gendarmes fouillaient cette maison en ruines, ils ne pouvaient manquer de découvrir ceux qui s'y étaient cachés.

Il y eut halte en cet endroit. Le brigadier fit arrêter ses hommes. Deux gendarmes et lui descendirent de cheval, pendant que les autres restaient en selle.

Ceux-ci reçurent l'ordre de parcourir le pays aux environs du canal de Lème, puis de se rabattre sur la ferme, où on les attendrait jusqu'à sept heures du soir.

Les quatre gendarmes s'éloignèrent aussitôt en remontant la route. Le brigadier et les deux autres avaient attaché leurs chevaux aux piquets d'une barrière à demi détruite qui entourait l'enclos. Puis, après s'être assis au dehors, ils se mirent à

10.

causer. Du fond du cellier, les fugitifs pouvaient entendre tout ce qu'ils disaient.

« Oui, ce soir, nous retournerons à la ville, où on nous donnera des instructions pour le service de nuit, répondit le brigadier à une question que venait de lui poser un des gendarmes. Le télégraphe aura peut-être apporté de nouvelles instructions de Trieste. »

La ville en question n'était pas Trieste : ce fut un point que retint le comte Sandorf.

« N'est-il pas à craindre, fit observer le second gendarme, que pendant que nous les cherchons ici, les fugitifs n'aient plutôt gagné du côté du canal de Quarnero ?

— Oui, cela est possible, répondit le premier gendarme, car ils peuvent s'y croire plus en sûreté qu'ici.

— S'ils l'ont fait, répliqua le brigadier, ils n'en risquent pas moins d'être découverts, puisque toute la côte est surveillée d'un bout de la province à l'autre ! »

Second point à noter : le comte Sandorf et son compagnon se trouvaient bien sur le littoral ouest de l'Istrie, c'est-à-dire près du rivage de l'Adriatique, non sur les bords du canal opposé, qui s'enfonce jusqu'à Fiume et très profondément dans les terres.

« Je pense qu'on fera aussi des recherches dans les salines de Pirano et de Capo d'Istria, reprit le brigadier. On peut s'y cacher plus facilement, puis s'emparer d'une barque et traverser l'Adriatique en se dirigeant sur Rimini ou sur Venise.

— Bah! Ils auraient mieux fait d'attendre tranquillement dans leur cellule! répondit philosophiquement un des gendarmes.

— Oui, ajouta l'autre, puisque, tôt ou tard, on les reprendra, si on ne les repêche pas dans le Buco! Ce serait fini, maintenant, et nous n'aurions pas à courir le pays, ce qui est dur par cette chaleur!

— Et qui dit que ce n'est pas fini? répliqua le brigadier. La Foïba s'est peut-être chargée de l'exécution, et les condamnés ne pouvaient pas choisir, au moment des crues, une plus mauvaise route pour s'enfuir du donjon de Pisino! »

La Foïba, c'était le nom de cette rivière qui avait emporté le comte Sandorf et son compagnon! La forteresse de Pisino, c'était là qu'ils avaient été conduits, après leur arrestation, emprisonnés, jugés, condamnés! C'était là qu'ils devaient être passés par les armes! C'était de son donjon qu'ils venaient de s'échapper! Le comte Sandorf la connaissait bien, cette ville de Pisino! Il était donc enfin fixé sur ce point si important pour lui, et ce ne serait plus au hasard, à travers la péninsule istrienne, qu'il se dirigerait maintenant, si la fuite était encore possible !

La conversation des gendarmes en resta là ; mais, dans ces quelques mots, les fugitifs avaient appris tout ce qu'ils avaient intérêt à savoir, — sauf, peut-être, quelle était la ville la plus rapprochée du canal de Lème, sur le littoral de l'Adriatique.

Cependant, le brigadier s'était levé. Il allait et venait le long de la barrière de l'enclos, regardant si ses hommes revenaient le rejoindre à la ferme. Deux ou trois fois, il entra dans la maison déla-brée, et il en visita les chambres, plutôt par habi-tude du métier que par soupçon. Il vint aussi jus-qu'à la porte du cellier, où les fugitifs auraient été certainement découverts, s'il n'y eût régné une obscurité profonde. Il y entra même et effleura le tas de broussailles avec le bout de son fourreau, mais sans atteindre ceux qui s'y tenaient blottis. A ce moment, Mathias Sandorf et Etienne Bathory passèrent par toute une série d'angoisses difficiles à décrire. D'ailleurs, ils étaient bien décidés à ven-dre chèrement leur vie, si on arrivait jusqu'à eux. Se précipiter sur le brigadier, profiter de sa sur-prise pour lui arracher ses armes, l'attaquer, ses deux hommes et lui, les tuer ou se faire tuer, c'est à cela qu'ils étaient résolus.

En cet instant, le brigadier fut appelé du dehors, et il quitta le cellier, sans y avoir rien vu de suspect. Les quatre gendarmes, envoyés à la découverte, venaient de revenir à la ferme. Malgré toute leur diligence, ils n'avaient pas trouvé trace des fugitifs dans toute cette région comprise entre la route, le littoral et le canal de Lème. Mais ils ne revenaient pas seuls. Un homme les accompagnait.

C'était un Espagnol, qui travaillait habituellement aux salines du voisinage. Il retournait vers la ville, lorsque les gendarmes l'avaient rencontré. Comme il leur dit qu'il avait couru le pays entre la ville et les salines, ils résolurent de le conduire au brigadier pour le faire interroger. Cet homme ne se refusa point à les suivre.

Une fois en présence du brigadier, celui-ci lui demanda si, dans ces salines, les paludiers n'avaient pas remarqué la présence de deux étrangers.

« Non, brigadier, répondit cet homme ; mais, ce matin, une heure après avoir quitté la ville, j'ai aperçu deux hommes qui venaient de prendre pied sur la pointe du canal de Lème.

— Deux hommes, dis-tu? demanda le brigadier.

— Oui, mais, comme dans le pays, on croyait que

l'exécution avait eu lieu ce matin au donjon de Pisino, et que la nouvelle de l'évasion ne s'était encore pas répandue, je n'ai pas fait autrement attention à ces deux hommes. Maintenant que je sais à quoi m'en tenir, je ne serais pas étonné que ce fussent les fugitifs. »

Du fond du cellier, le comte Sandorf et Étienne Bathory entendaient cette conversation, qui était d'une si haute gravité pour eux. Ainsi donc, au moment où ils débarquaient sur la grève du canal de Lème, ils avaient été aperçus.

« Comment te nommes-tu ? lui demanda le brigadier.

— Carpena, et je suis paludier aux salines de ce pays.

— Reconnaîtrais-tu ces deux hommes que tu as vus ce matin sur la grève du canal de Lème ?

— Oui... peut-être !

— Eh bien, tu vas aller faire ta déclaration à la ville et te mettre à la disposition de la police !

— A vos ordres.

— Sais-tu qu'il y a cinq mille florins de récompense pour celui qui découvrira les fugitifs ?

— Cinq mille florins !

— Et le bagne pour celui qui leur donnera asile !

— Vous me l'apprenez !

— Va, » dit le brigadier.

La communication faite par l'Espagnol eut tout d'abord pour effet d'éloigner les gendarmes. Le brigadier ordonna à ses hommes de se remettre en selle, et, bien que la nuit fût déjà arrivée, il partit afin d'aller fouiller plus soigneusement les rives du canal de Lème. Quant à Carpena, il reprit aussitôt le chemin de la ville, se disant qu'avec un peu de chance, la capture des fugitifs pourrait bien lui valoir une bonne prime, dont les biens du comte Sandorf feraient tous les frais.

Cependant, Mathias Sandorf et Étienne Bathory restèrent cachés quelque temps encore, avant de quitter l'obscur cellier qui leur servait de refuge. Ils réfléchissaient à ceci : c'est que la gendarmerie était à leurs trousses, qu'ils avaient été vus et pouvaient être reconnus, que les provinces istriennes ne leur offraient plus aucune sécurité. Donc, il fallait abandonner ce pays dans le plus bref délai, pour passer, soit en Italie, de l'autre côté de l'Adriatique, soit à travers la Dalmatie et les confins militaires, au delà de la frontière autrichienne.

Le premier parti offrait le plus de chances de succès, à la condition, toutefois, que les fugitifs pussent s'emparer d'une embarcation, ou décider quelque pêcheur du littoral à les conduire sur le rivage italien. Aussi ce parti fut-il adopté.

C'est pourquoi, vers huit heures et demie, dès que la nuit fut assez sombre, Mathias Sandorf et son compagnon, après avoir quitté la ferme en ruines, se dirigèrent vers l'ouest, de manière à gagner la côte de l'Adriatique. Et tout d'abord, ils furent obligés de descendre la route pour ne pas s'enliser dans les marais de Lème.

Cependant, suivre cette route inconnue, n'était-ce pas arriver à la ville qu'elle mettait en communication avec le cœur de l'Istrie? N'était-ce pas courir au devant des plus grands dangers? Sans doute, mais le moyen d'agir autrement!

Vers neuf heures et demie, la silhouette d'une ville se dessina très vaguement à un quart de mille dans l'ombre, et il eût été malaisé de la reconnaître.

C'était un amoncellement de maisons, lourdement étagées sur un énorme massif rocheux, dominant la mer, au-dessus d'un port qui se creusait dans un rentrant de la côte. Le tout surmonté d'un haut campanile, dressé comme un style énorme, auquel l'obscurité donnait des proportions exagérées.

Mathias Sandorf était bien résolu à ne point

entrer dans cette ville, où la présence de deux
étrangers eût été vite signalée. Il s'agissait donc
d'en contourner les murs, s'il était possible, afin
d'atteindre une des pointes du littoral.

Mais cela ne se fit pas sans que les deux fugitifs,
à leur insu, n'eussent été suivis de loin par l'homme
même, qui les avait déjà aperçus sur la grève
du canal de Lème, — ce Carpena, dont ils avaient
entendu la déposition faite au brigadier de gendarmerie. En effet, en regagnant sa demeure, alléché
par la prime offerte, l'Espagnol s'était écarté pour
mieux observer la route, et la chance, bonne pour
lui, mauvaise pour eux, venait de le remettre sur la
trace des fugitifs.

Presque à ce moment, une escouade de police,
qui sortait par une des portes de la ville, menaça
de leur barrer le chemin. Ils n'eurent que le temps
de se jeter de côté ; puis, ils se dirigèrent en toute
hâte vers le rivage, en longeant les murs du port.

Il y avait là une modeste maison de pêcheur,
avec ses petites fenêtres allumées, sa porte entr'ouverte. Si Mathias Sandorf et Étienne Bathory n'y
trouvaient pas asile, si on refusait de les y recevoir, ils étaient perdus. Y chercher refuge, c'était
évidemment jouer le tout pour le tout, mais il n'y
avait plus à hésiter.

Le comte Sandorf et son compagnon coururent vers la porte de la maison, et s'arrêtèrent sur le seuil.

Un homme, à l'intérieur, s'occupait à repriser des filets, à la lueur d'une lampe de bord.

« Mon ami, demanda le comte Sandorf, voulez-vous me dire quelle est cette ville ?

— Rovigno.

— Chez qui sommes-nous ici ?

— Chez le pêcheur Andréa Ferrato.

— Le pêcheur Andréa Ferrato consentirait-il à nous donner asile pour cette nuit ? »

Andréa Ferrato les regarda tous deux, s'avança vers la porte, aperçut l'escouade de police au tournant des murs du port, devina, sans nul doute, quels étaient ceux qui venaient lui demander l'hospitalité, et comprit qu'ils étaient perdus, s'il hésitait à répondre...

« Entrez, » dit-il.

Cependant, les deux fugitifs ne se hâtaient pas de franchir la porte du pêcheur.

« Mon ami, dit le comte Sandorf, il y a cinq mille florins de récompense pour quiconque livrera les condamnés, qui se sont échappés du donjon de Pisino !

— Je le sais.

— Il y a le bagne, ajouta le comte Sandorf, pour quiconque leur donnerait asile !

— Je le sais.

— Vous pouvez nous livrer...

— Je vous ai dit d'entrer, entrez donc ! » répondit le pêcheur.

Et Andréa Ferrato referma la porte, au moment où l'escouade de police allait passer devant sa maison.

VIII

LA MAISON DU PÊCHEUR FERRATO.

Andréa Ferrato était Corse, originaire de Santa Manza, petit port de l'arrondissement de Sartène, situé derrière un retour de la pointe méridionale de l'île. Ce port, celui de Bastia et celui de Porto Vecchio sont les seuls qui s'ouvrent sur cette côte orientale, si capricieusement découpée, il y a quelques mille ans, maintenant uniformisée par le rongement continu des torrents, qui ont peu à peu détruit ses caps, comblé ses golfes, effacé ses anses, dévoré ses criques.

C'était là, à Santa Manza, sur cette étroite portion de mer, creusée entre la Corse et la terre italienne, quelquefois même jusqu'au milieu des roches du détroit de Bonifacio et de la Sardaigne, qu'Andréa Ferrato exerçait son métier de pêcheur.

Vingt ans auparavant, il avait épousé une jeune fille de Sartène. Deux ans après, il en avait eu une fille, qui fut nommée Maria. Le métier de pêcheur est assez rude, surtout quand on joint à la pêche du poisson la pêche du corail, dont il faut aller chercher les bancs sous-marins au fond des plus mauvaises passes du détroit. Mais Andréa Ferrato était courageux, robuste, infatigable, habile aussi bien à se servir des filets que de la drague. Ses affaires prospéraient. Sa femme, active et intelligente, tenait à souhait la petite maison de Santa Manza. Tous deux, sachant lire, écrire, compter, étaient donc relativement instruits, si on les compare aux cent cinquante mille illettrés que la statistique relève encore aujourd'hui sur les deux cent soixante mille habitants de l'île.

En outre, — peut-être grâce à cette instruction, — Andréa Ferrato était très français d'idées et de cœur, bien qu'il fût d'origine italienne, comme le sont la plupart des Corses. Et cela, à cette époque, lui avait valu quelque animosité dans le canton.

Ce canton, en effet, situé à l'extrémité sud de l'île, loin de Bastia, loin d'Ajaccio, loin des principaux centres administratifs et judiciaires, est, au fond, resté très réfractaire à tout ce qui n'est pas Italien ou Sarde, — regrettable état de choses, dont

on peut espérer de voir la fin avec l'éducation des
générations nouvelles.

Donc, ainsi qu'on l'a dit, animosité plus ou moins
latente contre la famille Ferrato. Or, en Corse, de
l'animosité à la haine il n'y a pas loin, de la haine
aux violences, moins loin encore. Quelques circonstances envenimèrent bientôt ces dispositions. Un
jour, Andréa Ferrato, à bout de patience, dans un
mouvement de colère, « fit une peau. » Il tua un
assez mauvais drôle du pays, qui le menaçait ; et dut
prendre la fuite.

Mais Andréa Ferrato n'était point homme à se
réfugier dans le mâquis, à vivre de cette vie de lutte
quotidienne autant contre la police que contre les
compagnons ou amis du mort, à perpétuer une
série de vengeances, qui auraient fini par atteindre
les siens. Résolu à s'expatrier, il parvint à quitter
secrètement la Corse pour se réfugier sur la côte
sarde. Sa femme, lorsqu'elle eut réalisé leur petit
bien, cédé la maison de Santa Manza, vendu les
meubles, la barque et les filets, vint l'y rejoindre
avec sa fille. Il avait renoncé à jamais revenir dans
son pays natal.

D'ailleurs, ce meurtre, bien qu'il eût été commis
en état de légitime défense, pesait à la conscience
d'Andréa Ferrato. Avec les idées quelque peu su-

perstitieuses qui lui venaient de son origine, il avait à cœur de le racheter. Il se disait que la mort d'un homme ne lui serait pardonnée que le jour où il aurait sauvé la vie à un autre homme, au risque de la sienne. Il était résolu à le faire, si l'occasion s'en présentait.

Cependant, Andréa Ferrato, après avoir quitté la Corse, n'était resté que peu de temps en Sardaigne, où il pouvait être facilement reconnu et découvert. S'il ne tremblait pas pour lui, étant énergique et brave, il tremblait pour les siens, que les représailles de famille à famille pouvaient atteindre. Il attendit le moment de s'éloigner, sans exciter la défiance, et passa en Italie. Là, à Ancône, une occasion lui fut offerte de traverser l'Adriatique et de gagner la côte istrienne. Il en profita.

Voilà pourquoi et à la suite de quelles circonstances, ce Corse était établi au petit port de Rovigno. Depuis dix-sept ans, il y avait repris son métier de pêcheur, — ce qui lui permit de reconquérir sa première aisance. Neuf ans après son arrivée, un fils lui était né, qui fut nommé Luigi, et dont la naissance coûta la vie à sa mère.

Depuis son veuvage, Andréa Ferrato vivait uniquement entre sa fille et son fils. Maria, alors âgée de dix-huit ans, servait de mère au jeune garçon qui allait atteindre sa huitième année. Et, sans le regret toujours poignant d'avoir perdu sa vaillante compagne, le pêcheur de Rovigno eût été aussi heureux qu'on peut l'être par le travail et la satisfaction du devoir accompli. Il était aimé de tous dans le pays, étant serviable et de bon conseil. On sait qu'il passait, à juste titre, pour habile à son métier. Au milieu de ces longues traînées de roches qui couvrent les rivages de l'Istrie, il n'eut pas à regretter ses pêches du golfe de Santa Manza et du détroit de Bonifacio. En outre, il était devenu un très bon pratique de ces parages, où se parlait la même langue qu'il avait parlée en Corse. Le profit des navires qu'il pilotait sur la côte depuis Pola jusqu'à Trieste, s'ajoutait encore à ceux que lui procurait l'exploitation de ces eaux poissonneuses. Aussi, en sa maison, y avait-il toujours la part des pauvres gens, et sa fille Maria l'aidait de son mieux dans ses œuvres de charité.

Mais le pêcheur de Santa Manza n'avait point oublié la promesse qu'il s'était faite : vie pour vie! Il avait pris la vie d'un homme. Il sauverait la vie d'un autre.

Voilà pourquoi, lorsque les deux fugitifs se présentèrent à la porte de sa maison, devinant qui ils étaient, sachant à quelle peine il s'exposait, n'avait-il

pas hésité à leur dire : « Entrez ! » ajoutant en lui-
même : « Et que Dieu nous protège tous ! »

Cependant, l'escouade de police avait passé devant
la porte d'Andréa Ferrato, sans s'y arrêter. Le comte
Sandorf et Étienne Bathory pouvaient donc se croire
en sûreté, au moins pour quelques heures de nuit,
dans la maison du pêcheur corse.

Cette maison était bâtie, non dans la ville, mais à
cinq cents pas des murs, au delà du port, sur une
assise de roches qui dominait la grève. Au delà, à
moins d'une encâblure, la mer, brisée contre les
écueils du littoral, n'avait d'autres limites qu'un
lointain horizon de ciel. Vers le sud-ouest, se pro-
jetait en s'arrondissant le promontoire, dont la
courbure ferme la petite rade de Rovigno sur
l'Adriatique.

Un rez-de-chaussée, composé de quatre chambres,
deux sur la façade, deux en arrière, un appentis en
voliges, où l'on déposait ses engins de pêche, formaient toute la demeure d'Andréa Ferrato. Son
embarcation, c'était une simple balancelle à poupe
carrée, de trente pieds de longueur, qui gréait une
grande antenne avec un foc, — genre de bateau très
favorable aux pêches à la drague. Quand il ne s'en
servait pas, elle était mouillée en dedans et à l'abri
des roches, où une petite yole, mise au sec sur

11.

la grève, permettait d'aller la rejoindre. Derrière
la maison s'étendait un enclos d'un demi-arpent,
dans lequel poussaient quelques légumes au milieu
des mûriers, des oliviers et des vignes. Une haie
le séparait d'un ruisseau, large de cinq à six pieds,
et en formait la lisière sur la campagne.

Telle était cette humble mais hospitalière demeure, où la providence avait conduit les fugitifs,
tel était l'hôte qui risquait sa liberté pour leur
donner asile.

Dès que la porte se fut refermée sur eux, le
comte Sandorf et Étienne Bathory examinèrent la
chambre dans laquelle le pêcheur les avait reçus
tout d'abord.

C'était la salle principale de la maison, garnie
de quelques meubles très proprement entretenus,
qui indiquaient le goût et l'assiduité d'une soigneuse
ménagère.

« Avant tout, il faut manger? dit Andréa Ferrato.

— Oui, nous mourons de faim! répondit le comte
Sandorf. Depuis douze heures, nous sommes privés
de nourriture!

— Tu entends, Maria? » reprit le pêcheur.

En un instant, Maria eut déposé sur la table un
peu de porc salé, du poisson bouilli, du pain, une
fiasque de vin du pays, du raisin sec, avec deux

verres, deux assiettes, du linge blanc. Un « ve-
glione, » sorte de lampe à trois mèches alimentées
d'huile, éclairait la salle.

Le comte Sandorf et Etienne Bathory se mirent
aussitôt à table : ils étaient à bout de forces.

« Mais vous? dirent-ils au pêcheur.

— Nous avons soupé! » répondit Andréa Ferrato.

Ces deux affamés dévorèrent, --- c'est le mot,
— les provisions qui leur étaient offertes avec tant
de simplicité et de si bon cœur.

Mais, tout en mangeant, ils ne cessaient d'observer
le pêcheur, sa fille, son fils, assis dans un coin de
la salle, qui les regardaient, sans prononcer une
seule parole.

Andréa Ferrato pouvait avoir alors quarante-deux
ans. C'était un homme de physionomie sévère, un
peu triste même, avec des traits expressifs sous le
hâle de sa face, des yeux noirs et d'un vif regard.
Il portait le costume des pêcheurs de l'Adriatique,
sous lequel on devinait une robuste et puissante
carrure.

Maria, — dont la taille et la figure rappelaient
ce qu'avait été sa femme, — était grande, bien
faite, plutôt belle que jolie, avec d'ardents yeux
noirs, une chevelure brune, une peau chaudement
colorée par la vivacité du sang corse. Sérieuse, en

raison des devoirs qu'elle avait eus à remplir dès
son jeune âge, ayant dans son attitude, dans ses
mouvements, ce calme que donne une nature réflé-
chie, tout dénotait en cette jeune fille une énergie
dont elle ne devait jamais se départir, quelles que
fussent les circonstances où le sort la jetterait.
Plusieurs fois, elle avait été recherchée par de
jeunes pêcheurs de la contrée, sans rien vouloir
entendre à ce sujet. Toute sa vie n'appartenait-elle
pas à son père et à cet enfant, qui lui semblait
être né de son cœur?

Quant à Luigi, c'était un garçon déterminé, vail-
lant, travailleur, déjà habitué à l'existence du marin.
Il accompagnait Andréa Ferrato dans ses pêches et
pilotages, tête nue, au vent, à la pluie. Il promettait
d'être plus tard un homme vigoureux, bien portant,
bien constitué, plus que hardi, même, audacieux,
fait à toutes les intempéries, n'ayant aucun souci
du danger Il aimait son père. Il adorait sa sœur.

Le comte Sandorf avait minutieusement observé
ces trois êtres, unis dans une si touchante affection.
Qu'il fût chez de braves gens, auxquels il pouvait
se fier, nul doute à cet égard.

Lorsque le repas fut achevé, Andréa Ferrato se
leva, et, s'approchant de Mathias Sandorf :

« Allez dormir, messieurs, dit-il simplement.

Personne ne vous sait ici. Demain nous aviserons.

— Non, Andréa Ferrato, non! répondit le comte Sandorf. Maintenant, notre faim est apaisée! Nous avons repris nos forces! Laissez-nous quitter à l'instant cette maison, où notre présence est un si grand danger pour vous et pour les vôtres!

— Oui, partons, ajouta Étienne Bathory, et que Dieu vous récompense de ce que vous venez de faire!

— Allez dormir, il le faut! reprit le pêcheur. La côte est surveillée, ce soir. On a mis l'embargo sur tous les ports du littoral. Il n'y a rien à tenter pour cette nuit.

— Soit, puisque vous le voulez! répondit le comte Sandorf.

— Je le veux.

— Un mot seulement. Depuis quand notre évasion est-elle connue?...

— Depuis ce matin, répondit Andréa Ferrato. Mais vous étiez quatre prisonniers au donjon de Pisino. Vous n'êtes que deux ici. Le troisième va être mis en liberté, dit-on...

— Sarcany! s'écria Mathias Sandorf, en réprimant aussitôt le mouvement de colère qui s'était irrésistiblement emparé de lui, lorsqu'il entendit ce nom exécré.

— Et le quatrième?... demanda Étienne Bathory, sans oser achever sa phrase.

— Le quatrième est encore vivant, répondit Andréa Ferrato. Il y a eu sursis à l'exécution.

— Vivant! s'écria Étienne Bathory.

— Oui! répondit ironiquement le comte Sandorf. On veut attendre que nous ayons été repris, pour nous donner cette joie de mourir ensemble!

— Maria, dit Andréa Ferrato, conduis nos hôtes à la chambre, derrière la maison, sur l'enclos, mais sans lumière. Ce soir, il ne faut pas que la fenêtre paraisse éclairée au dehors. Tu pourras te coucher ensuite. Luigi et moi, nous veillerons.

— Oui, père! répondit le jeune garçon.

— Venez, messieurs, » dit la jeune fille.

Un instant après, le comte Sandorf et son compagnon échangeaient une cordiale poignée de main avec le pêcheur. Puis, ils passèrent dans la chambre, où les attendaient deux bons matelas de maïs, sur lesquels ils allaient pouvoir se remettre de tant de fatigues.

Mais déjà Andréa Ferrato avait quitté sa maison avec Luigi. Il voulait s'assurer que personne ne rôdait aux alentours, ni sur la grève, ni au delà du petit ruisseau. Les fugitifs pouvaient donc paisiblement reposer jusqu'au lever du jour.

La nuit se passa sans incidents. Le pêcheur était sorti à plusieurs reprises. Il n'avait rien vu de suspect.

Le lendemain, 18 juin, pendant que ses hôtes dormaient encore, Andréa Ferrato alla aux informations jusqu'au centre de la ville et sur les quais du port. En plusieurs endroits, il y avait rassemblements de causeurs et de curieux. Le placard, affiché depuis la veille, qui annonçait l'évasion, les peines encourues, la prime promise, cela faisait le sujet de toutes les conversations. On bavardait, on apportait des nouvelles, on répétait des on-dit, en termes vagues. qui n'apprenaient pas grand'chose. Rien n'indiquait que le comte Sandorf et son compagnon eussent été vus aux environs, ni même que l'on soupçonnât leur présence dans la province. Toutefois, vers dix heures du matin, lorsque le brigadier de gendarmerie et ses hommes furent rentrés à Rovigno, après leur tournée de nuit, le bruit se répandit que deux étrangers avaient été aperçus, vingt-quatre heures avant, sur les bords du canal de Lème. On avait battu toute la région jusqu'à la mer pour retrouver leurs traces, mais sans résultat. Il n'était resté aucun vestige de leur passage. Avaient-ils donc pu atteindre le littoral, s'emparer d'une embarcation, gagner un autre point de l'Istrie, ou même s'enfuir au delà de la frontière autrichienne? Tout portait à le croire.

« Bon! disait-on, ce seront toujours cinq mille florins d'épargnés pour le trésor.

— Un argent qui pourra être mieux employé qu'à payer d'odieuses dénonciations!

— Oui, et puissent-ils s'échapper!

— S'échapper!... C'est fait, allez!... Et ils sont déjà en sûreté de l'autre côté de l'Adriatique! »

D'après ces propos, qui se tenaient dans la plupart des groupes de paysans, d'ouvriers et de bourgeois, arrêtés devant les placards, l'opinion publique, on le voit, se déclarait plutôt en faveur des condamnés, — du moins parmi ces citoyens de l'Istrie, Slaves ou Italiens d'origine. Les fonctionnaires autrichiens ne pouvaient donc guère compter sur une dénonciation de leur part. Aussi ne négligeaient-ils rien pour retrouver les fugitifs. Toutes les escouades de police et les brigades de gendarmerie étaient sur pied, depuis la veille, et un incessant échange de dépêches se faisait entre Rovigno, Pisino et Trieste.

Lorsqu'Andréa Ferrato rentra chez lui, vers onze heures, il rapporta ces nouvelles, qui étaient plutôt bonnes que mauvaises.

Le comte Sandorf et Étienne Bathory, servis par Maria dans la chambre où ils avaient passé la nuit, finissaient de déjeuner en ce moment. Ces quelques heures de sommeil, ce bon repas, ces bons soins, les avaient entièrement remis de leurs fatigues.

« Eh bien, mon ami? demanda le comte Sandorf, dès que la porte se fut refermée sur Andréa Ferrato.

— Messieurs, répondit le pêcheur, je pense que vous n'avez rien à craindre pour l'instant.

— Mais que dit-on dans la ville? demanda Étienne Bathory.

— On parle bien de deux étrangers qui auraient été vus hier matin, au moment où ils débarquaient sur les grèves du canal de Lème... et s'il s'agit de vous... messieurs...

— Il s'agit de nous, en effet, répondit Étienne Bathory. Un homme, un paludier du voisinage, nous a aperçus et dénoncés! »

Et Andréa Ferrato fut mis au courant de ce qui s'était passé à la ferme en ruines, pendant que les fugitifs y étaient cachés.

« Et vous ne savez pas quel est ce dénonciateur? demanda le pêcheur en insistant.

— Nous ne l'avons pas vu, répondit le comte Sandorf, nous n'avons fait que l'entendre!

— C'est une circonstance fâcheuse, reprit Andréa Ferrato; mais l'important est qu'on ait perdu vos traces, et, d'ailleurs, dans le cas où l'on soupçonnerait que vous vous êtes réfugiés dans ma maison, je pense que vous n'auriez aucune délation à craindre. Les vœux sont pour vous dans tout le pays de Rovigno!

— Oui, répondit le comte Sandorf, et je n'en suis pas surpris. C'est une brave population que la population de ces provinces! Cependant, il faut compter avec les autorités autrichiennes, et elles ne reculeront devant rien pour tenter de nous reprendre!

— Ce qui doit vous rassurer, messieurs, reprit le pêcheur, c'est l'opinion à peu près générale où l'on est que vous avez déjà pu passer de l'autre côté de l'Adriatique.

— Et plût à Dieu que ce fût! ajouta Maria, qui avait joint les mains comme dans une prière.

— Cela sera, ma chère enfant, répondit le comte Sandorf avec l'accent de la plus entière confiance, cela sera avec l'aide du Ciel...

— Et la mienne, monsieur le comte! répliqua Andréa Ferrato. Maintenant, je vais aller à mes occupations comme à l'ordinaire. On est habitué à nous voir, Luigi et moi, raccommodant nos filets sur la grève ou nettoyant notre balancelle, et il ne faut rien changer à nos habitudes. D'ailleurs, j'ai besoin de reconnaître quel est l'état du ciel avant de me décider. Veuillez rester dans cette chambre. Ne la quittez sous aucun prétexte. Au besoin, afin de moins éveiller les soupçons, ouvrez-en la fenêtre qui donne sur l'enclos, mais demeurez au fond et ne vous montrez pas. Je reviendrai dans une heure ou deux. »

Cela dit, Andréa Ferrato quitta la maison avec son fils, laissant Maria vaquer à ses travaux accoutumés devant la porte.

Quelques pêcheurs allaient et venaient le long de la grève. Andréa Ferrato voulut, par précaution, échanger divers propos avec eux, avant d'aller étendre ses filets sur le sable.

« Un vent d'est bien établi, dit l'un d'eux.

— Oui, répondit Andréa Ferrato, l'orage d'avant-hier a rudement nettoyé l'horizon.

— Hum! ajouta un autre, la brise pourrait bien fraîchir avec le soir et tourner à la rafale, si la bora s'en mêle!

— Bon! ce sera toujours un vent de terre, et la mer ne sera jamais dure entre les roches!

— Il faudra voir!

— Iras-tu pêcher cette nuit, Andréa?

— Sans doute, si le temps le permet.

— Mais l'embargo?...

— L'embargo n'est mis que sur les grands navires, non sur les barques, qui ne s'éloignent pas du littoral.

— Tant mieux, car on a signalé des bancs de thonines, qui viennent du sud, et il ne faut pas tarder à disposer nos madragues!

— Bon! répondit Andréa Ferrato, il n'y a pas de temps perdu!

— Eh! peut-être!

— Non, te dis-je, et si je sors cette nuit, j'irai à la pêche aux bonicous, du côté d'Orsera ou de Parenzo.

— A ton aise! Mais quant à nous, nous travaillerons à installer nos madragues au pied des roches!

— Comme vous voudrez! »

Andréa Ferrato et Luigi allèrent alors chercher leurs filets, déposés dans l'appentis, et ils les étalèrent sur le sable, afin de les faire sécher au soleil. Puis, deux heures après, le pêcheur rentra à sa maison, après avoir recommandé à son fils de préparer les crocs, qui servent à achever les bonicous, sorte de poissons à chair rouge foncée, appartenant au genre des thons, de l'espèce des anxides.

Dix minutes plus tard, après avoir fumé sur le pas de sa porte, Andréa Ferrato rejoignait ses hôtes dans leur chambre, pendant que Maria continuait à travailler devant la maison.

« Monsieur le comte, dit le pêcheur, le vent vient de terre, et je ne pense pas que la mer soit mauvaise cette nuit. Or, le moyen le plus simple, et par conséquent le meilleur pour fuir sans laisser de traces, c'est de vous embarquer avec moi. Si vous vous décidez, le mieux sera de partir ce soir, vers dix heures. A ce moment, vous vous glisserez entre les roches jusqu'à la lisière du ressac. Personne ne vous verra. Ma yole vous conduira à la balancelle, et aussitôt nous prendrons la mer, sans éveiller l'attention, puisqu'on sait que je dois sortir cette nuit. Si la brise fraîchit trop, je longerai le littoral, de manière à vous débarquer au delà de la frontière autrichienne, en dehors des bouches de Cattaro.

— Et si elle ne fraîchit pas, demanda le comte Sandorf, que comptez-vous faire?

— Nous gagnerons le large, répondit le pêcheur, nous traverserons l'Adriatique, et je vous débarquerai du côté de Rimini ou à l'embouchure du Pô.

— Votre embarcation peut-elle suffire à cette traversée? demanda Etienne Bathory?

— Oui! C'est un bon bateau, à demi ponté, que mon fils et moi, nous avons éprouvé déjà par de

grands mauvais temps. D'ailleurs, il faut bien courir
quelques risques...

— Que nous courions des risques, répondit le
comte Sandorf, nous dont l'existence est en jeu,
rien de plus naturel ; mais, vous, mon ami, que vous
risquiez votre vie...

— Cela me regarde, monsieur le comte, répondit
Andréa Ferrato, et je ne fais que mon devoir en
voulant vous sauver.

— Votre devoir ?...

— Oui ! »

Et Andréa Ferrato raconta cet épisode de sa vie, à
la suite duquel il avait dû quitter Santa Manza, en
Corse, et comment le bien qu'il allait faire ne serait
qu'une juste compensation du mal qu'il avait fait.

« Brave cœur ! » s'écria le comte Sandorf, ému
par ce récit.

Puis, reprenant :

« Mais, que nous allions aux bouches de Cattaro
ou à la côte italienne, cela nécessitera une assez
longue absence, qui, de votre part, peut étonner
les gens de Rovigno ! Il ne faut pas, après nous
avoir mis en sûreté, que vous puissiez à votre retour
être arrêté...

— Ne craignez rien, monsieur le comte, répondit
Andréa Ferrato. Je reste, quelquefois, cinq ou six

jours à la mer, à l'époque des grandes pêches.
D'ailleurs, je vous le répète, cela me regarde. C'est
ainsi qu'il faut faire : c'est ainsi que nous ferons! »

Il n'y avait pas à discuter la résolution du pêcheur.
Le projet d'Andréa Ferrato était évidemment le
meilleur et d'une exécution facile, puisque la balancelle, — il l'espérait du moins, — n'aurait rien à
redouter de l'état de la mer. Il n'y avait de précautions à prendre qu'au moment de l'embarquement.
Mais la nuit serait déjà sombre, sans lune, et, très
probablement, avec le soir, sur la côte se lèverait
une de ces épaisses brumes qui ne s'étendent pas
au large. A cette heure, le long de la grève déserte,
sauf un ou deux douaniers parcourant leur pantière,
on ne trouverait personne. Quant aux autres
pêcheurs, les voisins d'Andréa Ferrato, ainsi qu'ils
l'avaient dit, ils seraient occupés à tendre leurs
madragues sur des piques, en dehors du semis des
roches, c'est-à-dire à deux ou trois milles au-dessous
de Rovigno. Lorsqu'ils apercevraient la balancelle,
s'ils l'apercevaient, elle serait déjà loin en mer avec
les deux fugitifs cachés sous son pont.

« Et quelle est la distance en droite ligne, qui
sépare le port de Rovigno du point le plus rappro-
ché de la côte italienne? demanda alors Étienne
Bathory.

— Cinquante milles environ.

— Combien de temps faut-il pour la franchir?

— Avec ce vent portant, nous pouvons traverser en une douzaine d'heures. Mais vous êtes sans argent. Il vous en faut. Prenez cette ceinture où il y a trois cents florins, et mettez-vous là autour du corps.

— Mon ami... dit Mathias Sandorf.

— Vous me rendrez cela plus tard, répliqua le pêcheur, quand vous serez en sûreté. Et maintenant, attendez-moi ! »

Les choses étant ainsi convenues, Andréa Ferrato se retira et vint reprendre ses occupations habituelles, tantôt travaillant sur la grève, tantôt s'occupant dans sa maison. Luigi, sans avoir été remarqué, put transporter des provisions pour quelques jours à bord de la balancelle, après les avoir préalablement enveloppées dans une voile de rechange. Aucun soupçon n'eût été possible, qui eût pu contrarier les projets d'Andréa Ferrato. Il poussa même les précautions jusqu'à ne plus revoir ses hôtes pendant le reste de la journée. Mathias Sandorf et Étienne Bathory demeurèrent cachés au fond de la petite chambre, dont la fenêtre resta toujours ouverte. Lorsqu'il serait temps de quitter la maison, le pêcheur s'était chargé de les prévenir.

D'ailleurs, plusieurs de ses voisins vinrent causer familièrement avec lui, pendant l'après-midi, à propos de pêche et de l'apparition des thonines sur les parages de l'Istrie. Andréa Ferrato les reçut dans la salle commune et leur offrit à boire, suivant la coutume.

La plus grande partie du jour se passa ainsi, en allées et venues, en conversations. Quelquefois il fut question des prisonniers en fuite. Le bruit courut même un instant qu'ils venaient d'être pris du côté du canal de Quarnero, sur la côte opposée de l'Istrie, — bruit qui fut démenti peu après.

Tout semblait donc aller pour le mieux. Que le littoral fût surveillé avec plus de soin qu'à l'ordinaire, soit par les préposés de la douane, soit par les agents de la police ou les gendarmes, cela était certain; mais, sans doute, il ne serait pas difficile de tromper cette surveillance, une fois la nuit venue. L'embargo, on le sait, n'avait été mis que sur les navires de long-cours ou les caboteurs de la Méditerranée, non sur les barques de pêche qui restent sur le littoral. L'appareillage de la balancelle pourrait donc se faire en dehors de tout soupçon.

Toutefois, Andréa Ferrato avait compté sans une visite qu'il reçut vers les six heures du soir. Cette visite le surprit d'abord, si elle ne l'inquiéta pas

12

autrement. Il n'en devait comprendre la menaçante signification qu'après le départ du visiteur.

Huit heures venaient de sonner, Maria s'occupait des préparatifs du souper, et le couvert était déjà mis sur la table dans la grande salle, lorsque deux coups furent frappés à la porte de la maison.

Andréa Ferrato n'hésita pas à aller ouvrir. Très surpris, il se trouva en présence de l'Espagnol Carpena.

Ce Carpena était originaire d'Almayate, petite ville de la province de Malaga. Tout comme Andréa Ferrato avait quitté la Corse, lui avait quitté l'Espagne, sans doute à la suite de quelque mauvaise affaire, pour venir s'établir dans l'Istrie. Là, il faisait le métier de paludier ou de saunier, transportant dans l'intérieur les produits des salines de la côte occidentale, — métier ingrat, avec lequel il gagnait tout juste de quoi vivre.

C'était un homme vigoureux, jeune encore, ayant à peine vingt-cinq ans, court de taille mais large d'épaules, avec une grosse tête toute crêpée de cheveux rudes et noirs, une de ces faces de boule-dogue qui ne rassurent pas plus dans une tête d'homme que dans une tête de chien. Carpena, peu sociable, haineux, vindicatif, et, de plus, assez lâche, n'était guère aimé dans le pays. On ne savait trop pourquoi il avait dû s'expatrier. Plusieurs querelles avec ses camarades des salines, menaces à l'un et à l'autre, rixes qui s'en étaient suivies, tout cela n'avait pu lui constituer une bonne réputation. On le tenait volontiers à l'écart.

Cependant, Carpena n'avait point triste opinion de lui-même ni de sa personne. Loin de là. C'est ce qui explique — et on verra à quel propos — pourquoi il avait essayé d'entrer en relation avec Andréa Ferrato. Le pêcheur, il faut l'avouer, l'avait assez mal reçu dès ses premières ouvertures. Cela se comprendra, lorsque les prétentions de cet homme auront été dévoilées dans la conversation qui va suivre.

Carpena avait à peine fait un pas dans la salle, qu'Andréa Ferrato l'arrêtait en lui disant :

« Que venez-vous faire ici ?

— Je passais, et comme j'ai aperçu de la lumière chez vous, je suis entré.

— Et pourquoi ?

— Pour vous rendre visite, mon voisin.

— Vos visites ne me plaisent pas, vous le savez !

— Ordinairement, répondit l'Espagnol, mais aujourd'hui, ce sera peut-être différent. »

Andréa Ferrato ne comprit pas et ne pouvait deviner ce que ces paroles, assez énigmatiques,

signifiaient dans la bouche de Carpena. Et cependant, il ne put retenir un rapide tressaillement qui
n'échappa point à son visiteur.

Celui-ci avait refermé la porte.

« J'ai à vous parler, répéta-t-il.

— Non !... Vous n'avez rien à me dire !

— Si... il faut que je vous parle... en particulier,
ajouta l'Espagnol, en baissant un peu la voix.

— Venez donc, » répondit le pêcheur, qui, ce
jour-là, avait ses raisons pour ne refuser l'entrée de
sa demeure à personne.

Carpena, sur un signe d'Andréa Ferrato, traversa
la grande salle et le suivit dans sa chambre.

Cette chambre n'était séparée que par un mince
refend de celle qu'occupaient le comte Sandorf et
son compagnon. L'une s'ouvrait sur la façade de la
maison, l'autre sur l'enclos.

Dès que tous deux furent seuls :

« Que me voulez-vous ? demanda le pêcheur.

— Mon voisin, répondit Carpena, je viens encore
faire appel à votre bonne amitié.

— Et à quel propos ?

— A propos de votre fille.

— Pas un mot de plus !

— Écoutez donc !... Vous savez que j'aime Maria
et que mon plus vif désir est de l'avoir pour femme ! »

C'était la prétention de Carpena.

En effet, depuis plusieurs mois, il poursuivait la jeune fille de ses assiduités. On le pense bien, l'intérêt l'y poussait plus que l'amour. Andréa Ferrato était dans l'aisance pour un simple pêcheur, et, relativement à l'Espagnol, qui ne possédait rien, il était riche. Rien de plus naturel, dès lors, que Carpena eût eu la pensée de devenir son gendre; mais rien de plus naturel aussi que le pêcheur l'eût invariablement éconduit, puisqu'il ne pouvait lui convenir sous aucun rapport.

« Carpena, répondit froidement Andréa Ferrato, vous vous êtes déjà adressé à ma fille, elle vous a dit : non. Vous vous êtes déjà adressé à moi, je vous ai dit : non. Vous insistez encore aujourd'hui, et je vous répète : non, pour la dernière fois ! »

La figure de l'Espagnol se contracta violemment. Ses lèvres s'étaient relevées en laissant voir ses dents. Ses yeux avaient lancé un regard féroce. Mais la chambre mal éclairée ne permit pas à Andréa Ferrato d'observer cette physionomie méchante.

« C'est votre dernier mot ? demanda Carpena.

— C'est mon dernier mot, si c'est pour la dernière fois que vous refaites cette demande, répondit le pêcheur. Mais si vous la renouvelez, vous aurez la même réponse !

12.

— Je la renouvellerai! Oui! je la renouvellerai, répéta Carpena, si Maria me dit de le faire!

— Elle, s'écria Andréa Ferrato, elle!.. Vous savez bien que ma fille n'a pour vous ni amitié ni estime!

— Ses sentiments pourront changer, lorsque j'aurai eu un entretien avec elle, répondit Carpena.

— Un entretien?

— Oui, Ferrato, je désire lui parler.

— Et quand?

— Tout de suite!... Vous entendez... Il faut que je lui parle!... Il le faut... ce soir même!

— Je refuse pour elle!

— Prenez garde à ce que vous faites, dit Carpena en haussant la voix, prenez garde!

— Prendre garde?...

— Je me vengerai!

— Eh! venge-toi, si tu le peux ou si tu l'oses, Carpena! répondit Andréa Ferrato, qui s'emportait à son tour. Tes menaces ne me font pas peur, tu le sais! Et maintenant sors, où je te jette hors d'ici! »

Le sang monta aux yeux de l'Espagnol. Peut-être allait-il se porter à quelque violence contre le pêcheur! Mais il parvint à se maîtriser, et, après avoir poussé violemment la porte, il s'élança dans la salle, puis hors de la maison, sans avoir prononcé un seul mot.

Il était à peine sorti que la porte de la chambre voisine, occupée par les fugitifs, s'ouvrait. Le comte Sandorf, qui n'avait rien perdu de cette conversation, parut sur le seuil, et, s'avançant vers Andréa Ferrato, il lui dit à voix basse :

« Cet homme est celui qui nous a dénoncés au brigadier de gendarmerie. Il nous connaît. Il nous a vus, quand nous avons débarqué sur le canal de Lème. Il nous a suivis jusqu'à Rovigno. Il sait évidemment que vous nous avez donné refuge dans votre maison. Donc, laissez-nous fuir à l'instant, ou nous sommes perdus... et vous aussi! »

IX

DERNIERS EFFORTS DANS UNE DERNIÈRE LUTTE.

Andréa Ferrato était resté silencieux. Il n'avait rien trouvé à répondre au comte Sandorf. Son sang de Corse bouillonnait en lui. Il avait oublié les deux fugitifs pour lesquels il avait tant risqué jusqu'alors. Il ne pensait plus qu'à l'Espagnol, il ne voyait plus que Carpena !

« Le misérable ! le misérable ! murmura-t-il enfin. Oui ! Il sait tout ! Nous sommes à sa merci ! J'aurais dû le comprendre ! »

Mathias Sandorf et Étienne Bathory regardaient anxieusement le pêcheur. Ils attendaient ce qu'il allait dire, ce qu'il allait faire. Il n'y avait pas un instant à perdre pour prendre un parti. L'œuvre de délation était déjà accomplie peut-être.

« Monsieur le comte, dit enfin Andréa Ferrato, la police peut envahir ma maison d'un moment à l'autre. Oui ! ce gueux doit savoir ou tout au moins supposer que vous êtes ici ! C'est un marché qu'il est venu me proposer ! Ma fille pour prix de son silence ! Il vous perdra pour se venger de moi ! Or, si les agents viennent, il n'est pas possible de leur échapper, et vous serez découverts. Oui ! Il faut fuir à l'instant !

— Vous avez raison, Ferrato, répondit le comte Sandorf ; mais avant de nous séparer, laissez-moi vous remercier de ce que vous avez fait pour nous et de ce que vous vouliez faire...

— Ce que je voulais faire, je le veux faire encore, dit gravement Andréa Ferrato.

— Nous refusons ! répondit Étienne Bathory.

— Oui, nous refusons, ajouta le comte Sandorf. Vous vous êtes déjà trop compromis ! Si on nous trouve dans votre demeure, c'est le bagne qui vous attend ! Viens Étienne, quittons cette maison, avant d'y avoir apporté la ruine et le malheur ! Fuyons, mais fuyons seuls ! »

Andréa Ferrato arrêta de la main le comte Sandorf.

« Où iriez-vous ? dit-il. Le pays est tout entier sous la surveillance des autorités. Les agents de la police et les gendarmes courent nuit et jour la campagne. Il n'y a pas un point du littoral où vous puissiez vous embarquer, pas un sentier libre qui vous conduise à la frontière ! Partir sans moi, c'est aller à la mort !

— Suivez mon père, messieurs, ajouta Maria. Quoi qu'il puisse arriver, il ne fait que son devoir en tentant de vous sauver !

— Bien, ma fille, répondit Andréa Ferrato, ce n'est que mon devoir, en effet ! Ton frère doit nous attendre à la yole. La nuit est très noire. Avant qu'on s'en soit aperçu, nous serons en mer. Embrasse-moi, Maria, embrasse-moi, et partons ! »

Cependant, le comte Sandorf et son compagnon ne voulaient pas se rendre. Ils refusaient d'accepter un tel dévouement. Quitter cette maison à l'instant pour ne pas compromettre le pêcheur, oui ! S'embarquer sous sa conduite, quand il y allait du bagne, non !

« Viens, dit Mathias Sandorf à Étienne Bathory. Une fois hors de cette maison, il n'y aura plus à craindre que pour nous seuls ! »

Et, par la fenêtre ouverte de leur chambre, tous deux allaient se précipiter à travers le petit enclos pour gagner soit le littoral soit l'intérieur de la province, lorsque Luigi entra précipitamment.

« Les agents ! dit-il.

— Adieu ! » s'écria Mathias Sandorf.

Et, suivi de son compagnon, il sauta par la fenêtre.

A ce moment, une escouade d'agents de police faisait irruption dans la salle basse.

C'était Carpena qui les conduisait.

« Misérable ! dit Andréa Ferrato.

— C'est ma réponse à ton refus ! » répondit l'Espagnol.

Le pêcheur avait été saisi et garrotté. En un instant, les agents eurent occupé et visité toutes les chambres de la maison. La fenêtre, ouverte sur l'enclos, leur indiqua quel chemin venaient de prendre les fugitifs. Ils se lancèrent à leur poursuite.

Tous deux venaient alors d'atteindre la haie, que délimitait au fond le petit ruisseau. Le comte Sandorf, après l'avoir sautée d'un bond, aidait Étienne Bathory à la franchir à son tour, quand un coup de feu éclata à cinquante pas de lui.

Étienne Bathory venait d'être frappé d'une balle, qui ne fit que lui effleurer l'épaule, il est vrai ; mais son bras resta paralysé, et il lui fut impossible de se prêter à l'effort de son compagnon.

« Fuis, lui cria-t-il, fuis, Mathias !

—Non, Étienne, non ! Nous mourrons ensemble ! répondit le comte Sandorf, après avoir tenté une dernière fois de soulever son compagnon blessé entre ses bras.

— Fuis, Mathias ! répéta Étienne Bathory, et vis
pour faire justice des traîtres ! »

Les dernières paroles d'Étienne Bathory furent
comme un ordre pour le comte Sandorf. A lui allait
incomber maintenant l'œuvre des trois, — à lui seul.
Le magnat de la Transylvanie, le conspirateur de
Trieste, le compagnon d'Étienne Bathory et de Ladislas Zathmar, devait faire place au justicier !

A ce moment, les agents, qui avaient atteint
l'extrémité de l'enclos, se jetèrent sur le blessé. Le
comte Sandorf allait tomber entre leurs mains, s'il
hésitait, ne fût-ce qu'une seconde !

« Adieu, Étienne, adieu ! » s'écria-t-il.

Et d'un bond prodigieux, il franchit le ruisseau,
dont le cours longeait la haie, puis disparut.

Cinq ou six coups de fusil furent tirés dans cette
direction ; mais les balles ne touchèrent pas le fugitif,
qui, se jetant de côté, courut rapidement vers la
mer.

Les agents, cependant, étaient à ses trousses. Ne
pouvant l'apercevoir dans l'ombre, ils ne songèrent
point à gagner directement sur lui. Ils se dispersè-
rent, afin de lui couper toute retraite, aussi bien vers
l'intérieur du pays que du côté de la ville et du promontoire qui ferme la baie au nord de Rovigno. Une
brigade de gendarmes était venue à leur aide et

manœuvra de façon à ce que le comte Sandorf n'eût plus d'accès que vers le littoral. Mais là, à la lisière des récifs, que ferait-il? Parviendait-il à s'emparer d'un canot pour se lancer en pleine Adriatique? Il n'en aurait pas le temps, et, avant d'avoir même pu le démarrer, il serait tombé sous les balles. Toutefois, il avait bien compris que la retraite allait lui être coupée dans la direction de l'est. L'éclat des coups de feu, les cris que jetaient les agents et les gendarmes en se rapprochant, lui indiquaient qu'il était déjà cerné en arrière de la grève. Il ne pouvait donc fuir que vers la mer et par la mer. C'était sans doute courir à une mort certaine; mais mieux valait encore la trouver dans les flots que de l'attendre devant le peloton d'exécution sur la place d'armes de la forteresse de Pisino.

Le comte Sandorf s'élança donc vers le rivage. En quelques bonds, il eut atteint les premières petites lames que le ressac promenait sur le sable. Il sentait déjà les agents derrière lui, et des balles, tirées au juger, lui rasaient parfois la tête.

Au delà de la grève, ainsi que cela se voit sur tout ce littoral de l'Istrie, un semis d'écueils, formé de roches isolées, pointait çà et là en dehors de la grève. Entre ces roches, de nombreuses flaques d'eau remplissaient les creux du sable, — ceux-ci profonds de plusieurs pieds, ceux-là, dans lesquels la cheville se fût mouillée à peine.

C'était le dernier chemin qui fût encore ouvert devant Mathias Sandorf. Bien qu'il ne pût douter que la mort l'attendît au bout, il n'hésita pas à le suivre.

Le voilà donc franchissant les flaques d'eau, sautant de roche en roche; mais alors sa silhouette se détacha plus visiblement sur le fond moins obscur de l'horizon. Aussitôt, des cris le signalèrent, et les agents se lancèrent après lui.

Le comte Sandorf était résolu, d'ailleurs, à ne pas se laisser prendre vivant. Si la mer le rendait, elle ne rendrait qu'un cadavre.

Cette difficile poursuite sur des pierres glissantes ou ébranlées, sur des goëmons et des varechs visqueux, à travers des flaques d'eau, où chaque pas risquait d'entraîner une chute, dura plus d'un demi-quart d'heure. Le fugitif était parvenu à conserver son avance, mais le terrain solide allait bientôt lui manquer.

En effet, il arriva sur l'une des dernières roches du récif. Deux ou trois des agents n'étaient plus qu'à dix pas de lui, les autres à une vingtaine en arrière.

Le comte Sandorf se redressa alors. Un dernier cri lui échappa, — un cri d'adieu jeté vers le ciel. Puis, au moment où une décharge l'enveloppait d'une grêle de balles, il se précipita dans la mer.

Les agents, arrivés à la lisière même des roches, n'aperçurent plus que la tête du fugitif, comme un point noir, tournée vers le large.

Nouvelle décharge, qui fit crépiter l'eau autour de Mathias Sandorf. Et, sans doute, une ou plusieurs balles durent l'atteindre, car il s'enfonça sous les flots pour ne plus reparaître.

Jusqu'au jour, gendarmes et gens de police restèrent à observer le semis d'écueils, les sables de la grève, depuis le promontoire au nord de la baie jusqu'au delà du fort de Rovigno. Ce fut inutilement. Rien n'indiqua que le comte Sandorf eût pu reprendre pied sur le littoral. Il demeura donc constant que s'il n'avait pas été tué d'une balle, il s'était noyé.

Cependant, malgré toutes les recherches faites avec soin, aucun corps ne fût retrouvé dans les brisants ni sur une lisière de plus de deux lieues. Mais, comme le vent venait de terre, avec le courant qui portait alors vers le sud-ouest, il n'était pas douteux que le cadavre du fugitif n'eût été entraîné vers la haute mer.

Le comte Sandorf, le seigneur magyar, avait donc eu pour tombeau les flots de l'Adriatique!

Après une minutieuse enquête, ce fut cette ver-

sion, la plus naturelle, en somme, que le gouvernement autrichien adopta. Aussi la justice dut-elle
suivre son cours.

Étienne Bathory, pris dans les conditions que l'on
sait, fut reconduit, pendant la nuit et sous escorte,
au donjon de Pisino, puis, réuni, pour quelques
heures seulement, à Ladislas Zathmar.

L'exécution était fixée au lendemain, 30 juin.

Sans doute, à ce moment suprême, Étienne Bathory aurait pu revoir une dernière fois sa femme
et son enfant. Ladislas Zathmar aurait pu recevoir
un dernier embrassement de son serviteur, car l'au-
torisation avait été donnée de les admettre au donjon
de Pisino.

Mais Mme Bathory et son fils, ainsi que Borik, qui
était sorti de prison, avaient quitté Trieste. Ne sachant où les prisonniers avaient été conduits, puisque
l'arrestation avait été tenue secrète, ils les avaient
cherchés jusqu'en Hongrie, jusqu'en Autriche, et,
après la condamnation prononcée, on ne put les
retrouver à temps.

Étienne Bathory n'eut donc pas cette dernière
consolation de revoir sa femme et son fils. Il ne
put leur dire le nom de ces traîtres, que ne pourrait atteindre, maintenant, la justice de Mathias
Sandorf!

Étienne Bathory et Ladislas Zathmar, à cinq heures du soir, furent passés par les armes sur la place de la forteresse. Ils moururent en hommes qui avaient fait le sacrifice de leur vie pour leur pays.

Silas Toronthal et Sarcany pouvaient se croire à l'abri de toute représaille, désormais. En effet, le secret de leur trahison n'était connu que d'eux seuls et du gouverneur de Trieste, — trahison qui leur fut payée avec la moitié des biens de Mathias Sandorf, l'autre moitié par grâce spéciale, ayant été réservée pour l'héritière du comte, quand elle aurait atteint sa dix-huitième année.

Silas Toronthal et Sarcany, insensibles à toute espèce de remords, pouvaient donc jouir en paix des richesses obtenues par leur abominable trahison.

Un autre traître, lui aussi, semblait ne plus avoir rien à craindre : c'était l'Espagnol Carpena, auquel avait été payée la prime de cinq mille florins, accordée au délateur.

Mais, si le banquier et son complice pouvaient rester à Trieste, la tête haute, puisque le secret leur avait été gardé, Carpena, lui, sous le poids de la réprobation publique, dut quitter Rovigno pour aller vivre on ne sait où. Que lui importait, d'ailleurs! Il n'avait plus rien à redouter, pas même la vengeance d'Andréa Ferrato.

Le pêcheur, en effet, avait été emprisonné, jugé, condamné à la peine des galères perpétuelles pour avoir donné refuge aux fugitifs. Maria, maintenant seule avec son jeune frère Luigi, c'était la misère qui les attendait tous deux dans cette maison, dont le père avait été arraché pour n'y jamais revenir!

Ainsi donc, trois misérables, dans un intérêt purement cupide, sans même qu'un sentiment de haine les animât contre leurs victimes, — Carpena excepté, peut être, — l'un pour rétablir ses affaires compromises, les deux autres pour se procurer la richesse, n'avaient pas reculé devant cette odieuse machination!

Une telle infamie ne sera-t-elle donc pas punie sur cette terre, où la justice de Dieu ne s'exerce pas toujours? Le comte Sandorf, le comte Zathmar, Étienne Bathory, ces trois patriotes, Andréa Ferrato, cet humble homme de bien, ne seront-ils pas vengés?

A l'avenir de répondre.

FIN DE LA PREMIÈRE PARTIE.

DEUXIÈME PARTIE

I

PESCADE ET MATIFOU.

Quinze ans après les derniers événements qui terminent le prologue de cette histoire, le 24 mai 1882, c'était jour de fête à Raguse, l'une des principales villes des provinces dalmates.

La Dalmatie n'est qu'une étroite langue de terre, ménagée entre la partie septentrionale des Alpes Dinariques, l'Herzégovine et la mer Adriatique. Il y a là tout juste la place pour une population de quatre à cinq cent mille âmes, en se serrant un peu.

Une belle race, ces Dalmates, sobre dans cette contrée aride, où l'humus est rare, fière au milieu des nombreuses vicissitudes politiques qu'elle a subies, hautaine envers l'Autriche à laquelle le traité de Campo-Formio l'a annexée depuis 1815, enfin honnête entre toutes, puisqu'on a pu appeler ce pays, suivant une jolie expression recueillie par M. Yriarte, « le pays des portes sans serrures! »

Quatre cercles partagent la Dalmatie et se subdivisent eux-mêmes en districts : ce sont les cercles de Zara, de Spalato, de Cattaro et de Raguse. C'est à Zara, capitale de la province, que réside le gouverneur général. C'est à Zara que se réunit la diète, dont quelques membres font partie de la chambre haute de Vienne.

Les temps sont bien changés depuis ce seizième siècle, pendant lequel les Uscoques, Turcs fugitifs, en guerre ouverte avec, les Musulmans comme avec les Chrétiens, avec le sultan comme avec la République de Venise, terrorisaient le fond de cette mer. Mais les Uscoques ont disparu, et on n'en retrouve plus de traces que dans la Carniole. L'Adriatique est donc maintenant aussi sûre que n'importe quelle autre partie de la superbe et poétique Méditerranée.

Raguse, ou plutôt le petit État de Raguse, a été longtemps républicain, même avant Venise, c'est-à-dire dès le neuvième siècle. Ce ne fut qu'en 1808

qu'un décret de Napoléon Ier le réunit, l'année suivante, au royaume d'Illyrie et en fit un duché pour
le maréchal Marmont. Déjà, au neuvième siècle, les
navires ragusains, qui couraient toutes les mers du
Levant, avaient le monopole du commerce avec les
infidèles, — monopole accordé par le Saint Siège,
— ce qui donnait à Raguse une grande importance
au milieu de ces petites républiques de l'Europe
méridionale; mais Raguse se distinguait encore
par de plus nobles qualités, et la réputation de
ses savants, la renommée de ses littérateurs, le
goût de ses artistes, lui avaient valu le nom
d'Athènes slavonne.

Toutefois, pour les besoins du commerce maritime, il faut un port de bon ancrage, d'eau profonde, qui puisse recevoir les navires de grand
tonnage. Or, un tel port manquait à Raguse. Le sien
est étroit, embarrassé de roches à fleur d'eau, et il
ne peut guère donner accès qu'à de petits caboteurs ou de simples barques de pêche.

Très heureusement, à une demi-lieue au nord
au fond de l'une des échancrures de la baie
d'Ombla-Fumera, un caprice de la nature a formé
un de ces ports excellents, qui peuvent se prêter
à toutes les nécessités de la plus large navigation.
C'est Gravosa, le meilleur peut-être de cette côte

13.

dalmate. Là, il y a assez d'eau, même pour les bâtiments de guerre ; là, l'emplacement ne manque ni pour les cales de radoubs, ni pour les chantiers de construction ; là enfin peuvent faire escale ces grands paquebots, dont l'avenir allait doter toutes les mers du globe.

Il s'ensuit donc qu'à cette époque, la route de Raguse à Gravosa était devenue un véritable boulevard, planté de beaux arbres, bordé de villas charmantes, fréquenté par la population de la ville, où l'on comptait alors de seize à dix-sept mille habitants.

Or, ce jour-là, vers quatre heures du soir, par une belle avant-dîner de printemps, on eût pu observer que les Ragusains se portaient en grand nombre vers Gravosa.

En ce faubourg — ne peut-on appeler ainsi Gravosa, bâtie aux portes de la ville ? — il y avait une fête locale, avec jeux divers, baraques foraines, musique et danse en plein air, charlatans, acrobates et virtuoses, dont les boniments, les instruments, les chansons, faisaient grand bruit dans les rues et jusque sur les quais du port.

Pour un étranger, c'eût été l'occasion d'étudier les divers types de la race slave, mêlée à des bohémiens de toutes sortes. Non seulement ces nomades

étaient accourus à la fête pour y exploiter la curiosité des visiteurs, mais les campagnards et les
montagnards avaient voulu prendre leur part de ces
réjouissances publiques.

Les femmes s'y montraient en grand nombre,
dames de la ville, paysannes des environs, pê-
cheuses du littoral. Aux unes, l'habillement, dont
on sentait la tendance à se conformer aux dernières
modes de l'Europe occidentale. Aux autres, un
accoutrement qui variait avec chaque district, au
moins par quelques détails, chemises blanches
brodées aux bras et à la poitrine, houppelande à des-
sins multicolores, ceinture aux mille clous d'argent,
— véritable mosaïque où les couleurs s'enchevêtrent
comme un tapis de Perse, — bonnet blanc sur les
cheveux tressés avec rubans de couleur, cet
« okronga » surmonté du voile, qui retombe en
arrière comme le puskul du turban oriental, jam-
bières et chaussures rattachées au pied par des
cordons de paille. Et, pour accompagner tout cet
attifage, des bijoux, qui sous la forme de bracelets,
de colliers ou de piécettes d'argent, sont agencés
de cent manières, pour l'ornement du cou, des
bras, de la poitrine et de la ceinture. Ces bijoux,
on les eût retrouvés jusque dans l'ajustement des
gens de la campagne, qui ne dédaignent pas non

plus la chatoyante lisière de broderies, dont se relève le contour de leurs étoffes.

Mais, entre tous ces costumes ragusains que portaient avec grâce, même les marins du port, ceux des commissionnaires, — corporation privilégiée, — étaient de nature à attirer plus spécialement le regard. De véritables Orientaux, ces portefaix, avec turban, veste, gilet, ceinture, large pantalon turc et babouches. Ils n'auraient pas déparé les quais de Galata ou la place de Top'hané à Constantinople.

La fête était alors dans toute sa turbulence. Les baraques ne désemplissaient pas, ni sur la place ni sur les quais. Il y avait, d'ailleurs, une « attraction » supplémentaire, bien faite pour entraîner un certain nombre de curieux : c'était la mise à l'eau d'un trabacolo, sorte de bâtiment particulier à l'Adriatique, qui porte deux mâts et deux voiles à bourcet, enverguées par leur haute et basse ralingue.

Le lancement devait se faire à six heures du soir, et la coque du trabacolo, déjà débarrassée de ses accores, n'attendait plus que l'enlèvement de la clef pour glisser à la mer.

Mais jusque-là, les saltimbanques, les musiciens ambulants, les acrobates, allaient rivaliser de talent

ou d'adresse pour la plus grande satisfaction du
public.

C'étaient les musiciens, il faut bien le dire, qui
attiraient alors le plus de spectateurs. Parmi eux
les guzlars ou joueurs de guzla faisaient les meil-
leures recettes. En s'accompagnant sur leurs instruments bizarres, ils chantaient d'une voix gut-
turale les chants de leur pays, et cela valait la peine
que l'on s'arrêtât à les écouter.

La guzla, dont se servent ces virtuoses de la
rue, a plusieurs cordes tendues sur un manche
démesuré qu'ils râclent tout uniment avec un
simple boyau. Quant à la voix des chanteurs, les
notes ne risquent pas de leur manquer, car ils vont
les chercher au moins autant dans leur tête que
dans leur poitrine.

L'un de ces chanteurs, — un grand gaillard, jaune
de peau et brun de poil, tenant entre ses genoux son
instrument, semblable à un violoncelle qui aurait
maigri, — mimait par son attitude et ses gestes une
canzonette, dont voici la traduction presque lit-
térale :

> Lorsque vibre la chanson,
> La chanson de la Zingare,
> Veille bien à la façon
> Dont elle dit sa chanson,
> Ou gare
> A la Zingare!

> Si tu te tiens loin d'elle, et si
> Le feu de son regard trop tendre
> Sous ses longs cils se voile ainsi,
> Tu peux la voir, tu peux l'entendre !
>
>> Lorsque vibre la chanson,
>> La chanson de la Zingare,
>> Veille bien à la façon
>> Dont elle dit sa chanson,
>>> Ou gare
>>> A la Zingare !

Après ce premier couplet, le chanteur, sa sébile à la main, vint solliciter des assistants le don de quelques piécettes de cuivre. Mais la recette, paraît-il, fut assez mince, et il retourna à sa place pour essayer d'attendrir son auditoire avec le second couplet de la canzonette.

> Mais si la Zingare en chantant
> De son grand œil noir te regarde,
> Ton cœur est pris en un instant,
> Et s'il est pris... elle le garde !
>
>> Lorsque vibre la chanson,
>> La chanson de la Zingare,
>> Veille bien à la façon
>> Dont elle dit sa chanson,
>>> Ou gare
>>> A la Zingare !

Un homme, âgé de cinquante à cinquante-cinq ans, écoutait tranquillement le chant des bohémiens ; mais, peu sensible à tant de séductions si poétiques,

sa bourse était restée fermée jusqu'alors. Il est
vrai, ce n'était point la Zingare, qui venait de
chanter « en le regardant de son grand œil noir, »
mais tout simplement le grand diable qui se faisait
son interprète. Il allait donc quitter sa place, sans
l'avoir payée, lorsqu'une jeune fille, qui l'accompagnait l'arrêta en disant :

« Mon père, je n'ai pas d'argent sur moi. Je vous
en prie, veuillez donner quelque chose à ce brave
homme ! »

Et voilà comment le guzlar reçut quatre ou cinq
kreutzers qu'il n'aurait pas eus sans l'intervention
de la jeune fille. Non que son père, qui était fort
riche, fût avare au point de refuser de faire l'aumône à un pauvre forain : mais, vraisemblablement,
il n'était pasde ceux que peuvent émouvoir les
misères humaines.

Puis, tous deux se dirigèrent, à travers la foule,
vers d'autres barraques non moins bruyantes, tandis
que les joueurs de guzla se dispersaient dans les
auberges voisines pour « liquider » la recette.
Aussi n'épargnèrent-ils pas les flacons de « slivo-
vitza, » violente eau-de-vie obtenue par la distil-
lation de la prune, et qui passait comme un simple
sirop à travers ces gosiers de bohémiens.

Cependant, tous ces artistes en plein vent, chan-

teurs ou saltimbanques, n'obtenaient pas également
la faveur du public. Entre les plus délaissés, on
pouvait remarquer deux acrobates, qui se déme-
naient en vain sur une estrade, sans spectateurs.

Au-dessus de cette estrade pendaient des toiles
peinturlurées, en assez mauvais état, représentant
des animaux féroces, brossés à la détrempe, avec
les contours les plus fantaisistes, lions, chacals,
hyènes, tigres, boas, etc., bondissant ou se déroul-
lant au milieu de paysages invraisemblables. En
arrière s'arrondissait une petite arène, entourée de
vieilles voiles, percées de trop de trous pour que
l'œil des indiscrets ne fût pas tenté de s'y appliquer,
— ce qui devait nuire à la recette.

En avant, sur un des piquets mal assujettis reposait une mauvaise planche, enseigne rudimentaire,
qui portait ces cinq mots, grossièrement tracés au
charbon :

PESCADE ET MATIFOU,

acrobates français.

Au point de vue physique, — et sans doute, au
point de vue moral, — ces deux hommes étaient
aussi différents l'un de l'autre que peuvent l'être
deux créatures humaines. Seule, leur commune origine avait dû les rapprocher pour courir le monde et

combattre « le combat de la vie ». Tous deux étaient de la Provence.

D'où leur venaient ces noms bizarres, qui avaient peut-être quelque renommée là-bas, dans leur pays lointain? Était-ce de ces deux points géographiques, entre lesquels s'ouvre la baie d'Alger, — le cap Matifou et la pointe Pescade? Oui, et, en réalité, ces noms leur allaient parfaitement, comme celui d'Atlas à quelque géant de luttes foraines.

Le cap Matifou, c'est un mamelon énorme, puissant, inébranlable, qui se dresse à l'extrémité nord-est de la vaste rade d'Alger, comme pour défier les éléments déchaînés et mériter le vers célèbre :

Sa masse indestructible a fatigué le temps!

Or, tel était l'athlète Matifou, un Alcide, un Porthos, un rival heureux des Ompdrailles, des Nicolas Creste et autres célèbres lutteurs, qui illustrent les arènes du Midi.

Cet athlète — « il faut le voir pour le croire », dirait-on de lui, — avait près de six pieds de haut, la tête volumineuse, les épaules à proportion, la poitrine comme un soufflet de forge, les jambes comme des baliveaux de douze ans, les bras comme des bielles de machine, les mains comme des cisailles. C'était la vigueur humaine dans toute sa splendeur, et, peut-être, s'il avait connu son âge, aurait-on appris, non sans surprise, qu'il entrait à peine dans sa vingt-deuxième année.

Chez cet être, d'intelligence médiocre, sans doute, le cœur était bon, le caractère simple et doux. Il n'avait ni haine ni colère. Il n'aurait fait de mal à personne. A peine osait-il serrer la main qu'on lui tendait, tant il craignait de l'écraser dans la sienne. Au fond de sa nature si puissante, rien du tigre dont il avait la force. Aussi, sur un mot, sur un geste de son compagnon, obéissait-il, comme si quelque caprice du créateur en eût fait l'énorme fils de ce gringalet.

Par contraste, à l'extrémité ouest de la baie d'Alger, la pointe Pescade, opposée au Cap Matifou, est mince, effilée, une fine langue rocheuse, qui se prolonge en mer. De là, le nom de Pescade donné à ce garçon de vingt ans, petit, fluet, maigre, ne pesant pas en livres le quart de ce que l'autre pesait en kilos, mais souple, agile de corps, intelligent d'esprit, d'une humeur inaltérable dans la bonne comme dans la mauvaise fortune, philosophe à sa façon, inventif et pratique, — un vrai singe, mais sans méchanceté, — et indissolublement lié par le sort au bon gros pachyderme qu'il conduisait à travers tous les hasards d'une vie de saltimbanques.

Tous deux étaient acrobates de leur métier et couraient les foires. Matifou ou Cap Matifou, — on le nommait ainsi, — luttait dans les arènes, faisait tous les exercices de force, pliait des barres de fer sur son cubitus, enlevait à bras tendus les plus lourds de la société, jonglait avec son jeune compagnon comme il eût fait d'une bille de billard. Pescade ou Pointe Pescade, — comme on l'appelait communément, — paradait, chantait, « bouffonnait, » amusait le public par ses saillies de pitre jamais à court, et l'étonnait par ses tours d'équilibriste dont il se tirait adroitement, quand il ne l'émerveillait pas par ses tours de cartes, dans lesquels il en eût remontré aux plus habiles prestidigitateurs, se chargeant de gagner les plus malins à n'importe quels jeux de calcul ou de hasard.

« J'ai passé mon « baccaralauréat, » répétait-il volontiers.

Mais « pourquoi, me direz-vous? » — une locution familière de Pointe Pescade — pourquoi, ce jour-là, sur le quai de Gravosa, ces deux pauvres diables se voyaient-ils abandonnés des spectateurs au profit des autres barraques? Pourquoi la maigre recette, dont ils avaient tant besoin, menaçait-elle de leur manquer? C'était vraiment inexplicable.

Cependant, leur langage, — un agréable mélange

de provençal et d'italien, — était plus que suffisant à les faire comprendre d'un public dalmate. Depuis leur départ du pays provençal, sans parents qu'ils ne s'étaient jamais connus, véritables produits d'une génération spontanée, ils étaient parvenus à se tirer d'affaire, recherchant les marchés et les foires, vivant plutôt mal que bien, mais vivant, et, s'ils ne déjeunaient pas tous les jours, soupant à peu près tous les soirs; ce qui suffisait, car, — ainsi que le répétait Pointe Pescade, — « il ne faut pas demander l'impossible! »

Et pourtant, ce jour-là, si le brave garçon ne le demandait pas, il le tentait du moins, en essayant d'attirer quelques douzaines de spectateurs devant ses tréteaux, avec l'espoir qu'ils se décideraient à visiter sa misérable arène. Mais ni ses boniments, dont son accent étranger faisait une plaisante chose, ni ses coq à l'âne, qui eussent fait la fortune d'un vaudevilliste, ni ses grimaces, qui eussent déridé un saint de pierre dans la niche d'une cathédrale, ni ses contorsions et déhanchements, véritables prodiges de dislocation, ni le jeu de sa perruque de chiendent, dont la queue en salsifis balayait l'étoffe rouge de son pourpoint, ni ses saillies, dignes du Pulcinello de Rome ou du Stentarello de Florence, n'avaient d'action sur le public.

Et cependant, ce public slave, son compagnon et lui le pratiquaient depuis plusieurs mois.

Après avoir quitté la Provence, les deux amis s'étaient lancés à travers les Alpes maritimes, le Milanais, la Lombardie, la Vénétie, montés, on pourrait le dire, l'un sur l'autre, Cap Matifou, célèbre par sa force, Pointe Pescade, célèbre par son agilité. Leur renommée les avait poussés jusqu'à Trieste, en pleine Illyrie. De Trieste, en suivant l'Istrie, ils étaient descendus sur la côte dalmate, à Zara, à Salone, à à Raguse, trouvant plus de profit à toujours aller devant eux qu'à revenir en arrière. En arrière, ils étaient usés. En avant, ils apportaient un répertoire neuf, d'où sortiraient peut-être quelques recettes. Maintenant, hélas! ils ne le voyaient que trop, la tournée, qui n'avait jamais été très bonne, menaçait de devenir très mauvaise. Aussi, ces pauvres diables n'avaient-ils plus qu'un désir qu'ils ne savaient comment réaliser : c'était de se rapatrier, de revoir la Provence, de ne plus s'aventurer si loin de leur pays natal! Mais ils traînaient un boulet, le boulet de la misère, et de faire plusieurs centaines de lieues avec ce boulet au pied, c'était dur!

Cependant, avant de songer à l'avenir, il fallait songer au présent, c'est-à-dire au souper du soir, qui n'était rien moins qu'assuré. Il n'y avait pas un

kreutzer dans la caisse, — si l'on peut donner ce
nom prétentieux au coin de foulard, dans lequel
Pointe Pescade enfermait habituellement la fortune
des deux associés. En vain s'escrimait-il sur ses tréteaux ! En vain lançait-il des appels désespérés à
travers l'espace ! En vain Cap Matifou exhibait-il des
biceps, dont les veines saillaient comme les ramifications d'un lierre autour d'un tronc noueux ! Aucun
spectateur ne manifestait la pensée d'entrer dans
l'enceinte de toile.

« Durs à la détente, ces Dalmates ! disait Pointe
Pescade.

— Des pavés ! répétait Cap Matifou.

— Décidément, je crois que nous aurons quelque
peine à étrenner aujourd'hui ! Vois-tu, Cap Matifou,
il faudra plier bagage !

— Pour aller où ? demanda le géant.

— Tu es bien curieux ! répondit Pointe Pescade.

— Dis toujours.

— Eh bien, que penserais-tu d'un pays, où on
serait à peu près sûr de manger une fois par jour ?

— Quel est ce pays-là, Pointe Pescade ?

— Ah ! c'est loin, bien loin, très loin... et même
plus loin que très loin, Cap Matifou !

— Au bout de la terre ?

— La terre n'a pas de bout, répondit sentencieusement Pointe Pescade. Si elle avait un bout, elle ne serait pas ronde! Si elle n'était pas ronde, elle ne tournerait pas! Si elle ne tournait pas, elle serait immobile, et si elle était immobile...

— Eh bien? demanda Cap Matifou.

— Eh bien, elle tomberait sur le soleil, en moins de temps qu'il ne m'en faut pour escamoter un lapin!

— Et alors?...

— Et alors il arriverait ce qui arrive à un jongleur maladroit, quand deux de ses boules se rencontrent en l'air! Crac! Tout casse, tout tombe, et le public siffle, et il redemande son argent, et il faut le lui rendre, et, ce soir-là, on ne soupe pas!

— Ainsi, demanda Cap Matifou, si la terre tombait sur le soleil, nous ne souperions pas? »

Et Cap Matifou s'enfonçait jusqu'en ces perspectives infinies. Assis dans un coin de l'estrade, les bras croisés sur son maillot, il remuait la tête comme un Chinois de porcelaine, il ne disait plus rien, il ne voyait plus rien, il n'entendait plus rien. Il s'absorbait dans la plus inintelligible association d'idées. Tout se mêlait en sa grosse caboche. Et voilà qu'il sentit au plus profond de son être se creuser comme un gouffre. Alors il lui sembla qu'il montait haut, très haut... plus haut que très haut : cette expression de Pointe Pescade, appliquée à l'éloignement des choses, l'avait vivement frappé. Puis, tout à coup, on le lâchait, et il tombait... dans son propre estomac, c'est-à-dire dans le vide !

Ce fut un véritable cauchemar. Le pauvre être se releva de son escabeau, les mains étendues, en aveugle. Un peu plus, il se fût laissé choir du haut de l'estrade.

« Eh ! Cap Matifou, qu'est-ce qui te prend donc ? s'écria Pointe Pescade, qui saisit son camarade par la main et parvint, non sans peine, à le ramener en arrière.

— Moi... Moi... ce que j'ai ?

— Oui... toi !

— J'ai..., dit Cap Matifou, en reprenant peu à peu ses idées, — opération difficile, quoique le nombre n'en fût pas considérable, — j'ai qu'il faut que je te parle, Pointe Pescade !

— Parle donc, mon Cap, et ne crains pas que l'on t'entende ! Évanoui, le public, évanoui ! »

Cap Matifou s'assit sur son escabeau, et, de son vigoureux bras, mais doucement, comme s'il eût eu peur de le casser, il attira son brave petit compagnon près de lui.

II

LE LANCEMENT DU TRABACOLO.

« Ainsi, ça ne va pas? demanda Cap Matifou.

— Qu'est-ce qui ne va pas? répondit Pointe Pescade.

— Les affaires?

— Elles pourraient aller mieux, c'est incontestable, mais elles pourraient aller plus mal!

— Pescade?

— Matifou!

— Ne m'en veux pas de ce que je vais te dire!

— Je t'en voudrai, au contraire, si cela mérite que je t'en veuille!

— Eh bien... tu devrais me quitter.

— Qu'entends-tu par te quitter?... Te laisser en plan? demanda Pointe Pescade.

14

— Oui!

— Continue, hercule de mes rêves! Tu m'inté-
resses!

— Oui... Je suis sûr qu'étant seul, tu t'en tire-
rais!.. Je te gêne, et, sans moi, tu trouverais moyen
de....

— Dis donc, Cap Matifou, répondit gravement
Pointe Pescade, tu es gros, n'est-ce pas?

— Oui!

— Et grand?

— Oui!

— Eh bien, si grand et si gros que tu sois, je ne
sais pas comment tu as pu contenir la bêtise que tu
viens de dire!

— Et pourquoi, Pointe Pescade?

— Parce qu'elle est encore plus grande et plus
grosse que toi, Cap Matifou! Moi t'abandonner, bête
de mon cœur! Mais si je n'étais plus là, je te le demande, avec quoi jonglerais-tu?

— Avec quoi?...

— Qui aurais-tu pour faire le saut périlleux sur
ton occiput?

— Je ne dis pas...

— Ou le grand écart entre tes deux mains?

— Dame!.. répondit Cap Matifou, embarrassé devant des questions aussi pressantes.

— Oui... en présence d'un public en délire...
quand, par hasard, il y a un public!

— Un public! murmura Cap Matifou.

— Donc, reprit Pescade, tais-toi, et ne songeons
qu'à gagner ce qu'il faut pour souper ce soir.

— Je n'ai pas faim!

— Tu as toujours faim, Cap Matifou, donc, maintenant, tu as faim! répondit Pointe Pescade en entr'ouvrant à deux mains l'énorme mâchoire de son
compagnon, qui n'avait pas eu besoin de dents de
sagesse pour avoir ses trente-deux dents. Je vois
cela à tes canines, longues comme des crocs de
boule-dogue! Tu as faim, te dis-je, et quand nous
ne devrions gagner qu'un demi-florin, qu'un quart
de florin, tu mangeras!

— Mais toi, mon petit Pescade?

— Moi?... un grain de mil me suffit! Je n'ai pas
besoin d'être fort, tandis que toi, mon fils... Suis
bien mon raisonnement! Plus tu manges, plus tu
engraisses! Plus tu engraisses, plus tu deviens phénomène!...

— Phénomène... oui!

— Moi, au contraire, moins je mange, plus je
maigris, et plus je maigris, plus je deviens phénomène à mon tour! Est-ce vrai?

— C'est vrai, répondit Cap Matifou le plus naïvement du monde. Ainsi, dans mon intérêt, Pointe Pescade, il faut que je mange!

— Comme tu le dis, mon gros chien, et, dans le mien, il faut que je ne mange pas!

— En sorte que s'il n'y en avait que pour un?...

— Ce serait pour toi!

— Mais s'il y en avait pour deux?...

— Ce serait pour toi encore! Que diable, Cap Matifou, tu vaux bien deux hommes!

— Quatre... six... dix!... » s'écria l'hercule, dont dix hommes, en effet, n'auraient point eu raison.

En laissant de côté l'emphatique exagération commune aux athlètes du monde ancien et moderne, la vérité est que Cap Matifou l'avait emporté sur tous les lutteurs qui s'étaient mesurés avec lui.

On citait de lui ces deux traits, qui prouvent sa force véritablement prodigieuse.

Un soir, à Nîmes, dans un cirque, construit en bois, une des poutres, qui soutenaient les fermes de la charpente, vint à céder. Un craquement jeta l'épouvante parmi les spectateurs, menacés d'être écrasés par la chute du toit, ou de s'écraser eux-mêmes en cherchant à sortir par les couloirs. Mais Cap Matifou était là. Il fit un bond vers la poutre déjà hors d'aplomb, et, au moment où la charpente fléchissait, il la soutint de ses robustes épaules, pendant tout le temps qui fut nécessaire à l'évacuation de la salle. Puis, d'un autre bond, il se précipita au dehors, au moment où la toiture s'écroulait derrière lui.

Cela, c'était pour la force des épaules. Voici maintenant pour la force des bras.

Un jour, dans les plaines de la Camargue, un taureau, pris de fureur, s'échappa de l'enclos où il était parqué, poursuivit, blessa plusieurs personnes, et eût causé de plus grands malheurs, sans l'intervention de Cap Matifou. Cap Matifou courut sur l'animal, l'attendit de pied ferme ; puis, au moment où il se précipitait tête baissée sur lui, il le saisit par les cornes, le renversa d'un coup de biceps, et le maintint, les quatre sabots en l'air, jusqu'à ce qu'il eût été maîtrisé et mis hors d'état de nuire.

De cette force surhumaine, on aurait pu rapporter d'autres preuves : celles-ci suffisent à faire comprendre non seulement la vigueur de Cap Matifou, mais aussi son courage et son dévouement, puisqu'il n'hésitait jamais à risquer sa vie, lorsqu'il s'agissait de venir en aide à ses semblables. C'était donc un être bon autant que fort. Toutefois, pour ne rien perdre de ses forces, comme le répétait Pointe Pescade, il fallait qu'il mangeât, et son compagnon

14.

l'obligeait à manger, se privant pour lui, quand il n'y en avait que pour un et même pour deux. Cependant, ce soir-là, le souper, — même pour un, — n'apparaissait pas encore à l'horizon.

« Il y a des brumes ! » répétait Pointe Pescade.

Et, pour les dissiper, ce brave cœur reprit gaiement son boniment et ses grimaces. Il arpentait les tréteaux, il se démenait, il se disloquait, il marchait sur les mains quand il ne marchait pas sur les pieds, — ayant observé qu'on avait moins faim, la tête en bas. Il redisait, dans un jargon moitié provençal, moitié slave, ces éternelles plaisanteries de parades, qui seront en usage tant qu'il y aura un pitre pour les lancer à la foule et des badauds pour les entendre.

« Entrez, messieurs, entrez ! criait Pointe Pescade. On ne paie qu'en sortant... la bagatelle d'un kreutzer ! »

Mais, pour sortir, il fallait d'abord entrer, et, des cinq ou six personnes arrêtées devant les toiles peintes, aucune ne se décidait à pénétrer dans la petite arène.

Alors Pointe Pescade, d'une baguette frémissante, montrait les animaux féroces, brossés sur les toiles. Non pas qu'il eût une ménagerie à offrir au public ! Mais ces bêtes terribles, elles existaient en quelque coin de l'Afrique ou des Indes, et si jamais Cap Matifou les rencontrait sur son chemin, Cap Matifou n'en ferait qu'une bouchée.

Et alors, en avant tout le boniment habituel, dont l'hercule interrompait les phrases par des coups de grosse caisse, qui éclataient comme des coups de canon.

« La hyène, messieurs, voyez la hyène, originaire du Cap de Bonne-Espérance, animal agile et sanguinaire, franchit les murs de cimetière, dont il fait sa proie! »

Puis, sur l'autre côté de la toile, dans une eau jaune, au milieu d'herbes bleues :

« Voyez! voyez! Le jeune et intéressant rhinocéros, âgé de quinze mois! Il fut élevé à Sumatra, dont il menaçait de faire échouer le navire, pendant la traversée, avec sa corne redoutable! »

Puis, au premier plan, au milieu d'un tas verdâtre des ossements de ses victimes :

« Voyez, messieurs, voyez! Le terrible lion de l'Atlas! Habite l'intérieur du Sahara, dans les sables moment de la chaleur estropicale, se réfugie dans les cavernes! S'il trouve quelques gouttes d'eau, s'y précipite, en sort tout dégouttant! C'est pourquoi on l'a nommé le lion numide! »

Mais tant d'attractions risquaient d'être perdues.

Pointe Pescade s'époumonait en vain. En vain, Cap Matifou tapait à défoncer la grosse caisse. C'était désespérant !

Cependant, plusieurs Dalmates, de vigoureux montagnards, venaient enfin de s'arrêter devant l'athlète Matifou, qu'ils semblaient examiner en connaisseurs.

Aussitôt Pointe Pescade de saisir le joint, en provoquant ces braves gens à se mesurer avec lui.

« Entrez, messieurs ! Entrez ! C'est l'instant ! C'est le moment ! Grande lutte d'homme ! Lutte à main plate ! Les épaules doivent toucher ! Cap Matifou s'engage à tomber les amateurs qui voudront bien l'honorer de leur confiance. Un maillot en coton d'honneur à qui le vaincra ! — Est-ce vous, messieurs ? » ajouta Pointe Pescade, en s'adressant à trois solides gaillards, qui le regardaient tout ébahis.

Mais les solides gaillards ne jugèrent pas à de propos compromettre leur solidité dans cette lutte, si honorable qu'elle pût être pour les deux adversaires. Pointe Pescade en fut donc réduit à annoncer que, faute d'amateurs, le combat aurait lieu entre Cap Matifou et lui. Oui ! « l'adresse se mesurant avec la force ! »

« Entrez donc ! Entrez donc ! Suivez le monde !

répétait en s'époumonant le pauvre Pescade. Vous
verrez là ce que vous n'avez jamais vu! Pointe Pescade et Cap Matifou aux prises! Les deux jumeaux
de la Provence! Oui... deux jumeaux... mais pas
du même âge... ni de la même mère!... Hein!
comme nous nous ressemblons... moi surtout! »

Un jeune homme s'était arrêté devant les tréteaux.
Il écoutait gravement ces plaisanteries usées jusqu'à
la corde.

Ce jeune homme, âgé de vingt-deux ans au plus,
était d'une taille au-dessus de la moyenne. Ses jolis
traits, un peu fatigués par le travail, sa physionomie
empreinte d'une certaine sévérité, dénotaient une
nature pensive, peut-être élevée à l'école de la souf-
rance. Ses grands yeux noirs, sa barbe qu'il portait
entière et tenait de court, sa bouche peu habituée
à sourire, mais nettement dessinée sous une fine
moustache, indiquaient à ne point s'y méprendre,
une origine hongroise, dans laquelle dominait le
sang magyar. Il était simplement vêtu du costume
moderne, sans prétention à se conformer aux
dernières modes. Son attitude ne pouvait tromper :
dans ce jeune homme, il y avait déjà un homme.

Il écoutait, on l'a dit, les boniments inutiles de
Pointe Pescade. Il le regardait, non sans quelque
attendrissement, se démener sur son estrade. Ayant

souffert lui-même, sans doute il ne pouvait être indifférent aux souffrances d'autrui.

« Ce sont deux Français! se dit-il. Pauvres diables! Ils ne font pas recette aujourd'hui! »

Et alors l'idée lui vint de leur constituer à lui seul un public, — un public payant. Ce ne serait guère qu'une aumône, mais, du moins, une aumône déguisée, et il est probable qu'elle arriverait à la porte, c'est-à-dire vers le morceau de toile qui, en se relevant, donnait accès dans la petite enceinte.

« Entrez, monsieur, entrez! cria Pointe Pescade. On commence à l'instant!

— Mais... je suis seul... fit observer le jeune homme du ton le plus bienveillant.

— Monsieur, répondit Pointe Pescade avec une fierté quelque peu gouailleuse, de vrais artistes tiennent plus à la qualité qu'à la quantité de leur public!

— Cependant, vous me permettrez-bien?.. » reprit le jeune homme en tirant sa bourse.

Et il prit deux florins qu'il déposa dans l'assiette d'étain, placée sur un coin de l'estrade.

« Un brave cœur! » se dit Pointe Pescade.

Puis se retournant vers son compagnon :

« A la rescousse, Cap Matifou, à la rescousse! Nous lui en donnerons pour son argent! »

Mais voici qu'au moment d'entrer, d'unique spectateur de l'arène française et provençale, recula
précipitamment. Il venait d'apercevoir cette jeune
fille, accompagnée de son père, qui s'était arrêtée,
un quart d'heure avant, devant l'orchestre des chanteurs guzlars. Ce jeune homme et cette jeune
fille, sans le savoir, s'étaient rencontrés dans la
même pensée pour accomplir un acte charitable.
L'une avait fait l'aumône aux bohémiens, l'autre
venait de la faire aux acrobates.

Mais, sans doute, cette rencontre ne lui suffisait
pas, car le jeune homme, dès qu'il eût aperçu cette
jeune personne, oublia sa qualité de spectateur,
le prix dont il avait payé sa place, et s'élança du
côté où elle se perdait au milieu de la foule.

« Eh, monsieur!... monsieur!... cria Pointe
Pescade, votre argent?... Nous ne l'avons pas
gagné, que diable!... Mais où est-il?... Disparu!...
Eh! monsieur?... »

Mais il cherchait en vain à apercevoir son « public », qui s'était éclipsé. Puis, il regardait Cap
Matifou, non moins interloqué que lui, la bouche
démesurément ouverte.

« A l'instant où nous allions commencer! dit
enfin le géant. Décidément, pas de chance!

— Commençons tout de même, » répondit Pointe

Pescade, en descendant le petit escalier qui conduisait à l'arène.

De cette façon du moins, en jouant devant les banquettes, — il n'y en avait même pas! — ils auraient gagné leur argent.

Mais, en ce moment, un gros brouhaha s'éleva sur les quais du port. La foule parut s'agiter dans un mouvement d'ensemble très prononcé, qui la portait du côté de la mer, et ces mots se firent entendre, répétés par quelques centaines de voix :

« Le trabacolo!... Le trabacolo! »

C'était l'heure, en effet, à laquelle devait être lancé le petit bâtiment. Ce spectacle, toujours attrayant, était de nature à exciter la curiosité publique. Aussi la place et les quais que la foule encombrait, furent-ils bientôt abandonnés pour le chantier de construction, dans lequel devait se faire l'opération du lancement.

Pointe Pescade et Cap Matifou, comprirent qu'il n'y avait plus à compter sur le public, — en ce moment du moins. Aussi, désireux de retrouver l'unique spectateur qui avait failli emplir leur arène, ils la quittèrent, sans même prendre le soin d'en fermer la porte, — et pourquoi l'auraient ils fermée? — puis, ils se dirigèrent vers le chantier.

Ce chantier se trouvait placé à l'extrémité d'une

pointe, en dehors du port de Gravosa, sur un terrain déclive, que le ressac frangeait d'une légère écume.

Pointe Pescade et son compagnon, après avoir joué des coudes, parvinrent à se trouver placés au premier rang des spectateurs. Jamais, même dans les soirées à bénéfice, il n'y avait eu pareil empressement devant leurs tréteaux ! O dégénérescence de l'art !

Le trabacolo, délivré déjà des accores qui lui soutenaient les flancs, était prêt à être lancé. L'ancre se trouvait à poste, il suffirait de la laisser tomber, dès que la coque serait à l'eau, pour arrêter son erre, qui eût pu l'entraîner trop loin dans le chenal. Bien que ce trabacolo ne jaugeât qu'une cinquantaine de tonneaux, c'était une masse assez considérable encore pour que toutes les précautions eussent été soigneusement prises dans cette opération. Deux ouvriers du chantier se tenaient sur son pont, à l'arrière, près du bâton de poupe, à l'extrémité duquel battait le pavillon dalmate, et deux autres à l'avant, préposés à la manœuvre de l'ancre.

C'était par l'arrière, — ainsi que cela se fait dans les opérations de ce genre, — que devait être lancé le trabacolo. Son talon, reposant sur la coulisse savonnée, n'était plus retenu que par la clef. Il suffirait d'enlever cette clef pour que le glissement

commençât à se produire; puis, la vitesse s'accrois-
sant par la masse mise en mouvement, le petit navire
s'en irait de lui-même dans son élément naturel.

Déjà, une demi-douzaine de charpentiers, armés
de masses en fer, frappaient sur les coins introduits
à l'avant sous la quille du trabacolo, afin de
le soulever quelque peu, de manière à déterminer
l'ébranlement qui l'entraînerait vers la mer.

Chacun suivait cette opération avec le plus vif
intérêt, au milieu du silence général.

En ce moment, au détour de la pointe, qui couvre
vers le sud le port de Gravosa, apparut un yacht
de plaisance. C'était une goëlette, jaugeant environ
trois cent cinquante tonneaux. Elle essayait d'enlever à la bordée cette pointe du chantier de construction, afin d'ouvrir l'entrée du port. Comme la
brise venait du nord-ouest, elle serrait le vent, les
amures à bâbord, de manière à n'avoir plus qu'à
laisser arriver pour atteindre son poste de mouillage. Avant dix minutes, elle serait rendue et grossissait rapidement aux yeux, comme si on l'eût
regardée avec une lunette, dont le tube se fût
allongé par un mouvement continu.

Or, précisément, pour entrer dans le port, il
fallait que cette goëlette passât devant le chantier
où se préparait le lancement du trabacolo. Aussi,

dès qu'elle fut signalée, afin d'éviter tout accident,
parut-il bon de suspendre l'opération. On ne la
reprendrait qu'après son passage dans le chenal.
Un abordage entre ces deux navires, l'un se pré-
sentant par le travers, l'autre l'abordant à grande
vitesse, eût certainement causé quelque grave
catastrophe à bord du yacht.

Les ouvriers cessèrent donc d'attaquer les coins
à coups de masses, et l'ouvrier, chargé d'enlever
la clef, reçut l'ordre d'attendre. Ce n'était plus
l'affaire que de quelques minutes.

Cependant, la goëlette arrivait rapidement. On
pouvait même observer qu'elle commençait ses
préparatifs de mouillage. Ses deux flèches venaient
d'être amenées, et on avait relevé le point d'amure
de sa grande voile en même temps que l'on carguait
sa misaine. Mais la rapidité qui l'animait était
grande encore sous sa trinquette et son deuxième
foc, en vertu de la vitesse acquise.

Tous les regards se portaient sur ce gracieux
bâtiment, dont les toiles blanches étaient comme
dorées par les obliques rayons du soleil. Ses ma-
telots, en uniforme levantin, avec le bonnet rouge
sur la tête, couraient aux manœuvres, tandis que
le capitaine, posté à l'arrière près de l'homme de
barre, donnait ses ordres d'une voix calme.

Bientôt la goëlette, à laquelle il ne restait que juste ce qu'il fallait de bordée pour enlever la dernière pointe du port, se trouva par le travers du chantier de construction.

Soudain, un cri de terreur s'éleva. Le trabacolo venait de s'ébranler. Pour une raison ou pour un autre, la clef avait manqué, et il se mettait en mouvement, au moment même où le yacht commençait à lui présenter sa joue de tribord.

La collision allait donc se produire entre les deux bâtiments. Il n'y avait plus ni le temps ni le moyen de l'empêcher. Aucune manœuvre à faire. Aux cris des spectateurs avait répondu un cri d'épouvante, que poussait l'équipage de la goëlette.

Le capitaine, conservant son sang-froid, fit cependant mettre la barre dessous; mais il était impossible que son navire s'écartât assez vite ou passât assez rapidement dans le chenal pour éviter le choc.

En effet, le trabacolo avait glissé sur sa coulisse. Une fumée blanche, développée par le frottement, tourbillonnait à son avant, et son arrière plongeait déjà dans les eaux de la baie.

Tout à coup, un homme s'élance. Il saisit une amarre qui pend à l'avant du trabacolo. Mais en vain veut-il la retenir en s'arcboutant contre le sol

au risque d'être entraîné. Un canon de fer, qui
sert de pieu d'attache, est là, fiché en terre. En un
instant, l'amarre y est tournée et se déroule peu à
peu, pendant que l'homme, au risque d'être saisi
et broyé, la retient et résiste avec une force surhumaine, — cela durant dix secondes.

Alors l'amarre casse. Mais ces dix secondes ont
suffi. Le trabacolo a plongé dans les eaux de la baie
et s'est relevé comme dans un coup de tangage. Il
a filé vers le chenal, rasant à moins d'un pied
l'arrière de la goëlette, et, il court jusqu'au moment
où son ancre, tombant dans le fond, l'arrête par la
tension de sa chaîne.

La goëlette était sauvée.

Quant à cet homme, auquel personne n'avait eu le
temps de venir en aide, tant cette manœuvre avait
été inattendue et rapide, c'était Cap Matifou.

« Ah! bien!... très bien! » s'écria Pointe Pescade,
en courant vers son camarade qui l'enleva dans ses
bras, non pour jongler avec lui, mais pour l'em-
brasser comme il embrassait, — à l'étouffer.

Et alors les applaudissements d'éclater de toutes
parts. Et toute la foule de s'empresser autour de cet
hercule, non moins modeste que l'auteur fameux
des douze travaux de la fable, et qui ne comprenait
rien à cet enthousiasme du public.

Cinq minutes plus tard, la goëlette avait pris son mouillage au milieu du port; puis, une élégante baleinière à six avirons, déposait sur le quai le propriétaire de ce yacht.

C'était un homme de haute taille, âgé de cinquante ans, les cheveux presque blancs, barbe grisonnante. taillée à l'orientale. De grands yeux noirs interrogateurs, d'une vivacité singulière, animaient sa figure un peu hâlée, aux traits réguliers et belle encore. Ce qui frappait surtout, de prime abord, c'était l'air de noblesse, de grandeur même, qui se dégageait de toute sa personne. Son vêtement de bord, un pantalon bleu foncé, un veston de même couleur à boutons métalliques, une ceinture noire qui le serrait à la taille sous le veston, son léger chapeau de toile brune, tout cela lui allait bien, et laissait deviner un corps vigoureux, d'une conformation superbe, que l'âge n'avait pas encore altérée.

Dès que ce personnage, dans lequel on sentait un homme énergique et puissant, eût mis pied à terre, il se dirigea vers les deux acrobates que la foule entourait et acclamait.

On se rangea pour lui laisser passage.

A peine arrivé près de Cap Matifou, son premier geste ne fut point pour chercher sa bourse et en tirer quelque riche aumône. Non! Il tendit la main au géant et lui dit en langue italienne :

« Merci, mon ami, pour ce que vous avez fait là ! »

Cap Matifou était tout honteux de tant d'honneur pour si peu de chose, vraiment !

« Oui !... c'est bien !... c'est superbe, Cap Matifou ! reprit Pointe Pescade avec toute la redondance de son jargon provençal.

— Vous êtes Français? demanda l'étranger.

— Tout ce qu'il y a de plus Français ! répondit Pointe Pescade, non sans fierté, Français du midi de la France ! »

L'étranger les regardait avec une véritable sympathie, mêlée de quelque émotion. Leur misère était trop apparente pour qu'il pût s'y tromper. Il avait bien devant lui deux pauvres saltimbanques, dont l'un, au risque de sa vie, venait de lui rendre un grand service, car une collision du trabacolo et de la goëlette aurait pu faire de nombreuses victimes.

« Venez me voir à bord, leur dit-il.

— Et quand cela, mon prince? répondit Pointe Pescade, en esquissant son plus gracieux salut.

— Demain matin, à la première heure.

— A la première heure ! » répondit Pointe Pescade, tandis que Cap Matifou donnait son acquiescement tacite en remuant de haut en bas son énorme tête.

Cependant, la foule n'avait cessé d'entourer le héros de cette aventure. Sans doute, elle l'eût porté en triomphe, si son poids n'eût effrayé les plus résolus et les plus solides. Mais Pointe Pescade, toujours avisé, crut qu'il y avait lieu d'utiliser les bonnes dispositions d'un pareil public. Aussi, tandis que l'étranger, après un dernier geste d'amitié, se dirigeait vers le quai, il cria de sa voix joyeuse et attirante:

« La lutte, messieurs, la lutte entre le Cap Matifou et la Pointe Pescade! Entrez, messieurs, entrez!... On ne paye qu'en sortant... ou en entrant, comme on veut! »

Cette fois, il fut écouté et suivi d'un public tel qu'il n'en avait peut-être jamais vu.

Ce jour-là, l'enceinte fut trop petite! On refusa du monde! On rendit de l'argent!

Quant à l'étranger, à peine avait-il fait quelques pas dans la direction du quai, qu'il se trouva en présence de cette jeune fille et de son père, lesquels avaient assisté à toute cette scène.

A quelques distance se tenait le jeune homme, qui les avait suivis, et au salut duquel le père ne répondit que d'une façon hautaine, — ce dont l'étranger eut le temps de s'apercevoir.

Celui-ci, en présence de cet homme, eut un mouvement qu'il put à peine réprimer. Ce fut comme une répulsion de toute sa personne, tandis que son regard s'allumait d'un éclair.

Cependant, le père de la jeune fille s'était approché de lui, et, fort poliment, il lui disait :

« Vous venez, monsieur, d'échapper à un grand danger, grâce au courage de cet acrobate?

— En effet, monsieur, » répondit l'étranger, dont la voix, volontairement ou non, fut altérée par une invincible émotion.

Puis, s'adressant à son interlocuteur :

« Pourrai-je vous demander, monsieur, à qui j'ai l'honneur de parler en ce moment?

— A monsieur Silas Toronthal, de Raguse, répondit l'ancien banquier de Trieste. Et puis-je savoir, à mon tour, quel est le propriétaire de ce yacht de plaisance?

— Le docteur Antékirtt, » répondit l'étranger.

Puis, tous deux, après un salut, se séparèrent, pendant qu'on entendait les hurrahs et les applaudissements retentir dans l'arène des acrobates français.

Et, ce soir-là, non seulement Cap Matifou mangea tout son content, c'est-à-dire comme quatre, mais il en resta pour un. Et ce fut assez pour le souper de son brave petit compagnon, Pointe Pescade.

III

LE DOCTEUR ANTÉKIRTT.

Il est des gens qui donnent bien de l'occupation
à la Renommée, cette femme-orchestre aux cent
bouches, dont les trompettes portent leur nom aux
quatre points cardinaux du monde.

C'était le cas de ce célèbre docteur Antékirtt, qui
venait d'arriver au port de Gravosa. Et encore son
arrivée avait-elle été marquée par un incident, qui
eût suffi à attirer l'attention publique sur le plus
ordinaire des voyageurs. Or, il n'était pas de ces
voyageurs-là.

En effet, depuis quelques années, autour du docteur Antékirtt, il s'était fait une sorte de légende
dans tous ces pays légendaires de l'extrême Orient.
L'Asie, depuis les Dardanelles jusqu'au canal de

Suez, l'Afrique, depuis Suez jusqu'aux confins de la
Tunisie, la Mer Rouge, sur tout le littoral arabique,
ne cessaient de répéter son nom, comme celui d'un
homme extraordinaire dans les sciences naturelles,
une sorte de gnostique, de taleb, qui possédait les
derniers secrets de l'univers. Au temps du langage
biblique, il aurait été appelé Épiphane. Dans les
contrées de l'Euphrate, on l'eut révéré comme un
descendant des anciens Mages.

Qu'y avait-il de surfait dans cette réputation ?
Tout ce qui voulait faire de ce Mage un magicien,
tout ce qui lui attribuait un pouvoir surnaturel. La
vérité est que le docteur Antékirtt n'était qu'un
homme, rien qu'un homme, très instruit, d'un esprit
droit et solide, d'un jugement sûr, d'une extrême
pénétration, d'une merveilleuse perspicacité, et qui
avait été remarquablement servi par les circonstances. En effet, dans une des provinces centrales de
l'Asie Mineure, il avait pu garantir toute une population d'une épidémie terrible, jugée jusque-là conta-
gieuse, et dont il avait trouvé le spécifique. De là
une renommée sans égale.

Ce qui contribuait à lui donner cette célébrité
tenait principalement à l'impénétrable mystère qui
entourait sa personne. D'où venait-il ? On l'ignorait.
Quel avait été son passé ? On ne le savait pas davan-

tage. Où avait-il vécu et dans quelles conditions, nul n'aurait pu le dire. On affirmait seulement que ce docteur Antékirtt était pour ainsi dire adoré des populations dans ces contrées de l'Asie Mineure et de l'Afrique Orientale, qu'il passait pour un médecin hors ligne, que le bruit de ses cures extraordinaires était arrivé jusque dans les grands centres scienti-fiques de l'Europe, que ses soins, il ne les épargnait pas plus aux pauvres gens qu'aux riches seigneurs et pachas de ces provinces. Mais on ne l'avait jamais vu dans les pays d'Occident, et même, depuis quel·ques années, on ne connaissait pas le lieu de sa rési-dence. De là, cette propension à le faire sortir de quelque mystérieux avatar, de quelque incarnation indoue, à en faire un être surnaturel, guérissant par des moyens surnaturels.

Mais, si le docteur Antékirtt n'avait pas encore exercé son art dans les principaux États de l'Europe, sa renommée l'y avait déjà précédé. Bien qu'il ne fût arrivé à Raguse qu'en simple voyageur, — un riche touriste qui se promenait sur son yacht et visitait les divers points de la Méditerranée, — son nom courut bientôt à travers la ville. Et, en atten-dant qu'on pût voir le docteur lui-même, la goëlette qui le portait eut le privilège d'attirer les regards. L'accident, prévenu par le courage de Cap Matifou, aurait suffi, d'ailleurs, pour provoquer l'attention publique.

En vérité, ce yacht eût fait honneur aux plus riches, aux plus fastueux gentlemen des sports nautiques de l'Amérique, de l'Angleterre et de la France! Ses deux mâts, droits et rapprochés du centre, — ce qui donnait un grand développement à la trinquette et à la grand'voile, — la longueur de son beaupré, gréé de deux focs, la croisure des voiles carrées qu'il portait au mât de misaine, la hardiesse de ses flèches, tout cet appareil vélique devait lui communiquer une merveilleuse vitesse, même par tous les temps. Cette goëlette jaugeait trois cent cinquante tonneaux. Longue et effilée, avec beaucoup de quête et d'élancement, mais assez large de bau, assez profonde de tirant d'eau pour être assurée d'une extrême stabilité, c'était ce qu'on appelle un bâtiment marin, bien dans la main du timonier, pouvant serrer le vent à quatre quarts. Par grand largue comme au plus près, avec belle brise, elle n'était pas gênée d'enlever ses treize nœuds et demi à l'heure. Les *Boadicee*, les *Gaetana*, les *Mordon* du Royaume-Uni n'auraient pu lui tenir tête dans un match international.

Quant à la beauté extérieure et intérieure de ce yacht, le plus sévère yachtman n'eût pas pu ima-

giner mieux. La blancheur du pont en sape du
Canada, sans un seul nœud, le dedans des pavois
finement amenuisés, les capots et les clairevoies de
teck, dont les cuivres brillaient comme de l'or, l'orne-
mentation de sa roue de gouvernail, la disposition
de ses drômes sous leurs étuis éclatants de blancheur, le fini du pouliage, des drisses, écoutes pan-
toires et manœuvres courantes, tranchant par leur
couleur avec le fer galvanisé des étais, haubans et
galhaubans, la coupe de ses embarcations vernis-
sées, suspendues gracieusement sur leurs porte-
manteaux, le noir brillant de toute sa coque, relevée
d'un simple liston d'or de la proue à la poupe, la
sobriété de ses ornements à l'arrière, tout en faisait
un bâtiment d'un goût exquis et d'une élégance
extrême.

Ce yacht, il importe de le connaître au dedans
comme au dehors, puisque, en fin de compte, il
était la demeure flottante du mystérieux personnage, qui va être le héros de cette histoire. Il n'était
point permis de le visiter, cependant. Mais le conteur
possède comme une sorte de seconde vue, qui lui
permet de décrire même ce qu'il ne lui a pas été
donné de voir.

A l'intérieur de cette goëlette, le luxe le disputait
au confort. Les chambres et cabines, les salons, la

salle à manger, étaient peintes et décorées à grands
frais. Les tapis, les tentures, tout ce qui constituait
l'ameublement, était ingénieusement adapté aux
besoins d'une navigation de plaisance. Cette appro-
priation, si bien comprise, se retrouvait non seulement dans les chambres du capitaine, des officiers,
mais encore dans l'office, où la vaisselle d'argent et
de porcelaine était protégée contre les rudesses du
tangage et du roulis, dans la cuisine, tenue avec une
propreté hollandaise, et dans le poste, où les hamacs
de l'équipage pouvaient se balancer à l'aise. Les
hommes, au nombre d'une vingtaine, portaient
l'élégant costume des marins maltais, culotte courte,
bottes de mer, chemise rayée, leur ceinture brune,
bonnet rouge, vareuse, sur laquelle s'écartelaient en
blanc les initiales du nom de la goëlette et de son
propriétaire.

Mais à quel port était attaché ce yacht? De quel
rôle d'inscription maritime relevait-il? En quel pays
limitrophe de la Méditerranée prenait-il ses quartiers
d'hiver? Quelle était sa nationalité, enfin? On ne la
connaissait pas plus qu'on ne connaissait la nationalité du docteur. Un pavillon vert, avec une croix
rouge à l'angle supérieur, près du guindant de l'éta-
mine, battait à sa corne. Et on l'eût vainement
cherché dans la série si nombreuse des divers pavil-

lons, qui se promènent en n'importe quelle mer du globe.

En tout cas, avant que le docteur Antékirtt n'eût débarqué, les papiers du yacht avaient été remis à l'officier de port, et, sans doute, ils s'étaient trouvés parfaitement en règle, puisqu'on lui avait donné la libre pratique, après la visite de la Santé.

Quant au nom de cette goëlette, il apparaissait sur le tableau d'arrière en petites capitales d'or, sans désignation de port d'attache, et ce nom, c'était *Savarèna*.

Tel était l'admirable bâtiment de plaisance, que l'on pouvait maintenant admirer dans le port de Gravosa. Pointe Pescade et Cap Matifou, qui, le lendemain, devaient être reçus à bord par le docteur Antékirtt, le contemplaient avec non moins de curiosité, mais aussi avec un peu plus d'émotion que les marins du port. En leur qualité de natifs des rivages de la Provence, ils étaient extrêmement sensibles aux choses de la mer, Pointe Pescade, surtout, qui pouvait regarder en connaisseur cette merveille de construction maritime. C'est à quoi tous deux s'occupaient, le soir même, après leur représentation.

« Ah! faisait Cap Matifou.

— Oh! faisait Pointe Pescade.

— Hein, Pointe Pescade !

— Je ne dis pas le contraire, Cap Matifou ! »

Et ces mots, sortes d'interjections admiratives, dans la bouche de ces deux pauvres acrobates, en disaient plus long que bien d'autres !

En ce moment, toutes les manœuvres qui suivent l'opération du mouillage, étaient terminées à bord de la *Savarèna*, voiles serrées sur leurs vergues, gréément mis en place et raidi avec soin, tente dressée à l'arrière. La goëlette avait été affourchée dans un angle du port, ce qui indiquait qu'elle comptait faire un séjour de quelque durée.

Du reste, ce soir-là, le docteur Antékirtt se contenta d'une simple promenade aux environs de Gravosa. Tandis que Silas Toronthal et sa fille revenaient à Raguse dans leur voiture, qui les avait attendus sur le quai, pendant que le jeune homme dont il a été question, rentrait à pied par la longue avenue, sans attendre la fin de la fête, alors dans toute son animation, le docteur se bornait à visiter le port. C'est l'un des meilleurs de la côte, et il s'y trouvait alors un assez grand nombre de bâtiments de nationalités diverses. Puis, après être sorti de la ville, il suivit les bords de la baie d'Ombra Fiumera, qui s'étend sur une profondeur de douze lieues, jusqu'à l'embouchure de la petite rivière d'Ombra, cours d'eau assez profond pour que les navires, même d'un fort tirant d'eau, puissent le remonter presque au pied des monts Vlastiza. Vers neuf heures, il revint sur le môle, il assista à l'arrivée d'un grand paquebot du Lloyd, qui venait de la mer des Indes ; enfin, il regagna son bord, descendit dans sa chambre, éclairée par deux lampes, et il y resta seul jusqu'au lendemain.

C'était son habitude, et le capitaine de la *Savarèna* — un marin d'une quarantaine d'années, nommé Narsos — avait ordre de ne jamais troubler le docteur pendant ces heures de solitude.

Il faut dire que si le public ne connaissait rien du passé de ce personnage, ses officiers et les hommes de son bord n'en savaient pas plus. Ils ne lui en étaient pas moins dévoués de corps et d'âme. Si le docteur Antékirtt ne tolérait pas la moindre infraction à la discipline du bord, il était bon pour tous, donnant soins et argent, sans compter. Aussi, pas un matelot qui ne se fût empressé de figurer sur le rôle de la *Savarèna*. Jamais une réprimande à adresser, jamais une punition à infliger, jamais une expulsion à faire. C'étaient comme les membres d'une même famille, qui formaient l'équipage de la goëlette.

Après la rentrée du docteur, toutes les dispositions furent prises pour la nuit. Une fois les fanaux d'avant et d'arrière mis en place, et les hommes de garde à leur poste, le silence le plus complet régna à bord.

Le docteur Antékirtt s'était assis sur un large divan, disposé dans l'angle de sa chambre. Sur une table il y avait quelques journaux que son domestique avait été acheter à Gravosa. Le docteur les parcourut d'un œil distrait, lisant plutôt les faits divers que les articles de fond, recherchant quels étaient les arrivages et sorties des navires, les déplacements et villégiatures des notabilités de la province. Puis, il repoussa ces journaux. Une sorte de torpeur somnolente le gagnait. Et, vers onze heures, sans même avoir pris l'aide de son valet de chambre, il se coucha; mais il fut longtemps avant de pouvoir s'endormir.

Et si l'on eût pu lire la pensée qui l'obsédait plus particulièrement peut-être se fût-on étonné qu'elle se résumât dans cette phrase :

« Quel est donc ce jeune homme, qui saluait Silas Toronthal sur les quais de Gravosa? »

Le lendemain matin, vers huit heures, le docteur Antékirtt monta sur le pont. La journée promettait d'être magnifique. Le soleil allumait déjà la cime des montagnes, qui forment l'arrière plan au fond de la baie. L'ombre commençait à se retirer du port en glissant à la surface des eaux. La *Savaréna* se trouva bientôt en pleine lumière.

Le capitaine Narsos s'approcha du docteur pour prendre ses ordres que celui-ci donna en quelques mots, non sans lui avoir préalablement souhaité le bonjour.

Un instant après, un canot se détacha du bord avec quatre hommes et un patron; puis, il se dirigea vers le quai, où devaient l'attendre, ainsi que cela était convenu, Pointe Pescade et Cap Matifou.

Un grand jour, une grande cérémonie, dans la nomade existence de ces deux honnêtes garçons, entraînés si loin de leur pays, à quelques centaines de lieues de cette Provence qu'ils désiraient tant revoir!

Tous deux étaient sur le quai. Ayant quitté l'accoutrement de leur profession, vêtus d'habits usés mais propres, ils regardaient le yacht, l'admirant comme la veille. Ils se trouvaient dans une heureuse disposition d'esprit. Non seulement Cap Matifou et Pointe Pescade avaient soupé la veille, mais ils avaient aussi déjeuné ce matin même. Une véritable folie, qu'expliquait, après tout, une recette extraordinaire de quarante-deux florins! Mais qu'on ne s'avise pas de croire qu'ils eussent dissipé toute leur recette! Non! Pointe Pescade était prudent, rangé prévoyant, et la vie leur était assurée pour une dizaine de jours au moins.

« C'est à toi, pourtant, que nous devons tout cela, Cap Matifou!

— Oh! Pescade!

— Oui, à toi, mon grand homme!

— Eh bien, oui... à moi... puisque tu le veux! » répondit Cap Matifou.

En ce moment, le canot de la *Savaréna* accosta le quai. Là, le patron, se levant, son béret à la main, s'empressa de dire qu'il était aux ordres de « ces messieurs ».

« Des messieurs? s'écria Pointe Pescade. Quels messieurs?

— Vous-mêmes, répondit le patron, vous que le docteur Antékirtt attend à son bord.

— Bon! Voilà déjà que nous sommes des messieurs! » dit Pointe Pescade.

Cap Matifou ouvrait d'énormes yeux et tourmentait son chapeau d'un air fort embarrassé.

« Quand vous voudrez, messieurs! dit le patron.

— Mais, nous voulons... nous voulons! » répondit Pointe Pescade avec un geste aimable.

Et, un instant après, les deux amis étaient confortablement assis dans le canot, sur le tapis noir à lisière rouge qui recouvrait le banc, tandis que le patron se tenait derrière eux.

Il va sans dire que, sous le poids de l'Hercule, l'embarcation s'enfonça de quatre ou cinq pouces au-dessus de sa ligne de flottaison. Il fallut même relever les coins du tapis pour qu'ils ne traînassent pas dans l'eau.

Au coup de sifflet, les quatre avirons plongèrent avec ensemble, et le canot marcha rapidement vers la *Savarèna*.

On peut l'avouer, puisque cela est, ces deux pauvres diables se sentaient quelque peu émus, pour ne pas dire un peu honteux. Tant d'honneurs pour des saltimbanques ! Cap Matifou n'osait pas remuer. Pointe Pescade, lui, ne pouvait dissimuler, sous sa confusion, un bon sourire, dont s'animait sa fine et intelligente figure.

Le canot vint passer à l'arrière de la goëlette, et se rangea à ia coupée de tribord, — le côté d'honneur.

Par l'escalier volant, dont les pistolets fléchirent sous le poids de Cap Matifou, les deux amis montèrent sur le pont et furent aussitôt conduits devant le docteur Antékirtt, qui les attendait à l'arrière.

Après un bonjour amical, il y eut encore quelques formalités et cérémonies, avant que Pointe Pescade et Cap Matifou eussent consenti à s'asseoir. Mais enfin c'était fait.

Le docteur les regarda pendant quelques instants sans parler. Sa figure, froide et belle, leur imposait. Cependant, on ne pouvait s'y tromper, si le sourire n'était pas sur ses lèvres, il était dans son cœur.

« Mes amis, dit-il, vous avez sauvé hier d'un grand danger mon équipage et moi. J'ai voulu encore une fois vous en remercier, et c'est pour cela que je vous ai priés de venir à bord.

— Monsieur le docteur, répondit Pointe Pescade, qui commençait à reprendre un peu d'assurance, vous êtes bien bon, et cela n'en valait pas la peine. Mon camarade n'a fait que ce que tout autre eût fait à sa place, s'il avait eu sa force. N'est-ce pas, Cap Matifou? »

Celui-ci fit ce signe affirmatif, qui consistait à remuer sa grosse tête de haut en bas.

« Soit, répondit le docteur, mais ce n'est pas tout autre, c'est votre compagnon qui a risqué sa vie, et je me considère comme son obligé!

— Oh! monsieur le docteur, répondit Pointe Pescade, vous allez faire rougir mon vieux Cap, et, sanguin comme il est, il ne faut pas que le sang lui monte à la tête...

— Bien, mes amis, reprit le docteur Antékirtt, je vois que vous n'aimez guère les compliments! Aussi, je n'insisterai pas. Cependant, puisque tout service mérite...

— Monsieur le docteur, répondit Pointe Pescade, je vous demande pardon si je vous interromps, mais toute bonne action porte en elle-même sa récompense, à ce que prétendent les livres de morale, et nous sommes récompensés!

— Déjà! Et comment? demanda le docteur, qui put craindre d'avoir été devancé.

— Sans doute, reprit Pointe Pescade. Après cette preuve extraordinaire des forces de notre Hercule en tous genres, le public a voulu le juger par lui-même dans des conditions plus artistiques. Aussi s'est-il porté en foule vers nos arènes provençales. Cap Matifou a terrassé une demi-douzaine des plus robustes montagnards et des plus solides portefaix de Gravosa, et nous avons fait une recette énorme!

— Énorme?

— Oui!... sans précédent dans nos tournées acro-batiques.

— Et combien?

— Quarante-deux florins!

— Ah! Vraiment!... Mais j'ignorais!... répondit le docteur Antékirtt d'un ton de bonne humeur. Si j'avais su que vous donniez une représentation, je me serais fait un devoir et un plaisir d'y assister! Vous me permettrez donc de payer ma place...

— Ce soir, monsieur le docteur, ce soir répondit Pointe Pescade, si vous voulez bien honorer nos luttes de votre présence ! »

Cap Matifou s'inclina poliment en faisant onduler ses larges épaules « qui n'avaient jamais encore mordu la poussière, » comme le disait le programme par la bouche de Pointe Pescade.

Le docteur Antékirtt vit bien qu'il ne pourrait faire accepter aucune récompense aux deux acrobates, — du moins sous la forme pécuniaire. Il résolut donc de procéder autrement. D'ailleurs, son plan à leur égard était arrêté depuis la veille. Des quelques renseignements qu'il avait déjà fait prendre pendant la soirée, il résultait que les deux saltimbanques étaient d'honnêtes gens, dignes de toute confiance.

« Comment vous nommez-vous ? leur demanda-t-il.

— Le seul nom que je me connaisse, monsieur le docteur, est Pointe Pescade.

— Et vous ?

— Matifou, répondit l'Hercule.

— C'est-à-dire Cap Matifou, ajouta Pointe Pescade, non sans éprouver quelque orgueil à pro-

16

noncer ce nom fameux dans toutes les arènes du
Midi de la France.

— Mais ce sont des surnoms... fit observer le
docteur.

— Nous n'en avons pas d'autres, répondit Pointe
Pescade, ou, si nous en avons eu, comme nos
poches ne sont plus en très bon état, nous les
aurons perdus en route!

— Et... des parents?

— Des parents, monsieur le docteur! Nos moyens
ne nous ont jamais permis ce luxe! Mais si nous
devenons riches un jour, il s'en trouvera bien pour
hériter!

— Vous êtes Français? De quelle partie de la
France?

— De la Provence, répondit fièrement Pointe
Pescade, c'est-à-dire deux fois Français!

— Vous ne manquez pas de bonne humeur, Pointe
Pescade!

— C'est le métier qui veut cela. Vous figurez-
vous, monsieur le docteur, un pitre, une queue
rouge, un farceur de tréteaux, qui serait d'humeur
chagrine! Mais il recevrait plus de pommes en une
heure qu'il ne pourrait en manger dans toute sa vie!
Oui! je suis très gai, extrêmement gai, c'est convenu!

— Et Cap Matifou?

— Oh! Cap Matifou est plus grave, plus réfléchi, plus en dedans! répondit Pointe Pescade en donnant à son compagnon une bonne petite tape d'amitié, comme on fait à l'encolure d'un cheval que l'on caresse. C'est aussi le métier qui veut cela! Quand on jongle avec des poids de cinquante, il faut être très sérieux! Quand on lutte, c'est non seulement avec les bras, c'est avec la tête! Et Cap Matifou a toujours lutté... même contre la misère! Et elle ne l'a pas encore tombé! »

Le docteur Antékirtt écoutait avec intérêt ce brave petit être, pour qui la destinée avait été si dure jusqu'alors et qui ne récriminait point contre elle. Il sentait en lui au moins autant de cœur que d'intelligence et songeait à ce qu'il aurait pu devenir, si les moyens matériels ne lui eussent pas manqué dès le début de la vie.

« Et où allez-vous maintenant? lui demanda-t-il.

— Devant nous, au hasard, répondit Pointe Pescade. Mais ce n'est pas toujours un mauvais guide, le hasard, et, en général, il connaît les chemins. Seulement, je crains qu'il ne nous ait entraînés trop loin de notre pays, cette fois! Après tout, c'est notre faute! Nous aurions, d'abord, dû lui demander où il allait! »

Le docteur Antekirtt les observa tous deux pendant un instant. Puis, reprenant :

« Que pourrais-je faire pour vous? dit-il en insistant.

— Mais rien, monsieur le docteur, répondit
Pointe Pescade, rien... je vous assure...

— N'auriez-vous pas grand désir de retourner
maintenant dans votre Provence! »

Les yeux des deux acrobates s'allumèrent à la
fois.

« Je pourrais vous y conduire, reprit le docteur.

— Ça, ça serait fameux! » répondit Pointe Pescade.

Puis, s'adressant à son compagnon :

« Cap Matifou, dit-il, voudrais-tu retourner la-
bàs?

— Oui... si tu y viens, Pointe Pescade!

— Mais qu'y ferons-nous? De quoi y vivrons-
nous? »

Cap Matifou se gratta le front, ce qu'il faisait
dans tous les cas embarrassants.

« Nous ferons... nous ferons... murmura-t-il.

— Tu n'en sais rien... ni moi non plus!... Mais
enfin, c'est le pays! N'est-ce pas singulier, monsieur
le docteur, que de pauvres diables comme nous
aient un pays, que des misérables, qui n'ont même

pas de parents, soient nés quelque part ! Cela m'a toujours paru inexplicable !

— Vous arrangeriez-vous de rester tous deux avec moi ? » demanda le docteur Antékirtt.

A cette proposition inattendue, Pointe Pescade s'était relevé vivement, tandis que l'Hercule le regardait, ne sachant s'il devait se relever comme lui.

« Rester avec vous, monsieur le docteur ? répondit enfin Pointe Pescade. Mais à quoi serions-nous bons ? Des tours de force, des tours d'adresse, nous n'avons jamais fait autre chose ! Et, à moins que ce ne soit pour vous distraire pendant votre navigation ou dans votre pays...

— Écoutez-moi, répondit le docteur Antékirtt, j'ai besoin d'hommes courageux, dévoués, adroits et intelligents, qui puissent servir à l'accomplissement de mes projets. Vous n'avez rien qui vous retienne ici, rien qui vous appelle là-bas. Voulez-vous être de ces hommes ?

— Mais ces projets réalisés... dit Pointe Pescade

— Vous ne me quitterez plus, si cela vous plaît, répondit le docteur en souriant, vous resterez à bord avec moi ! Et, tenez, vous donnerez des leçons de voltige à mon équipage ! S'il vous convient, au contraire, de retourner dans votre pays,

vous le pourrez, et d'autant mieux que l'aisance
vous y sera assurée pour la vie.

— Oh! monsieur le docteur! s'écria Pointe Pescade.
Mais vous n'entendez cependant pas nous laisser à
rien faire! N'être bons à rien ne nous suffirait pas!

— Je vous promets de la besogne, de quoi vous
contenter!

— Décidément, répondit Pointe Pescade, l'offre
est bien tentante!

— Quelle objection y faites-vous?

— Une seule peut-être. Vous nous voyez tous
deux, Cap Matifou et moi! Nous sommes du même
pays, et nous serions sans doute de la même famille,
si nous avions une famille! Deux frères de cœur!
Cap Matifou ne pourrait vivre sans Pointe Pescade,
ni Pointe Pescade sans Cap Matifou! Imaginez les
deux frères Siamois! On n'a jamais pu les séparer,
n'est-ce pas, parce qu'une séparation leur eût coûté
la vie! Eh bien, nous sommes ces Siamois-là!...
Nous nous aimons, monsieur le docteur! »

Et Pointe Pescade avait tendu la main à Cap
Matifou, qui l'attira sur sa poitrine et l'y pressa
comme un enfant.

« Mes amis, dit le docteur Antékirtt, il n'est point
question de vous séparer, et j'entends bien que vous
ne vous quitterez jamais!

— Alors, ça pourra aller, monsieur le docteur, si...

— Si?

— Si Cap Matifou donne son consentement.

— Dis oui, Pointe Pescade, répondit l'Hercule, et tu auras dit oui pour nous deux!

— Bien, répondit le docteur, c'est convenu, et vous n'aurez point à vous repentir! A partir de ce jour, ne vous préoccupez plus de rien!

— Oh! monsieur le docteur, prenez garde! s'écria Pointe Pescade. Vous vous engagez peut-être plus que vous ne pensez!

— Et pourquoi?

— C'est que nous vous coûterons cher, Cap Matifou surtout! Un gros mangeur, mon Cap; et vous ne voudriez pas qu'il perdît de ses forces à votre service, si peu que ce fût!

— Je prétends qu'il les double, au contraire!

— Alors, il va vous ruiner!

— On ne me ruine pas, Pointe Pescade!

— Cependant, deux repas... trois repas par jour...

— Cinq, six, dix, s'il le veut! répondit en souriant le docteur Antékirtt. Il y aura table ouverte pour lui!

— Hein, mon Cap! s'écria Pointe Pescade tout joyeux. Tu vas donc pouvoir manger ton content!

— Et vous aussi, Pointe Pescade.

— Oh, moi! un oiseau! — Mais pourrais-je vous

demander, monsieur le docteur, si nous naviguerons?

— Souvent, mon ami. Je vais avoir affaire, maintenant, aux quatre coins de la Méditerranée. Ma clientèle sera un peu partout sur le littoral! Je compte exercer la médecine d'une façon internationale! Qu'un malade me demande à Tanger ou aux Baléares, quand je suis à Suez, ne faudra-t-il pas que j'aille le trouver? Ce qu'un médecin fait dans une grande ville, d'un quartier à l'autre, je le ferai du détroit de Gibraltar à l'Archipel, de l'Adriatique au golfe du Lion, de la mer Ionienne à la baie de Gabès! J'ai d'autres bâtiments dix fois plus rapides que cette goélette, et, le plus souvent, vous m'accompagnerez dans mes visites!

— Cela nous va, monsieur le docteur! répondit Pointe Pescade en se frottant les mains.

— Vous ne craignez pas la mer? demanda le docteur Antékirtt.

— Nous! s'écria Pointe Pescade, nous! Des enfants de la Provence! Tout gamins, nous roulions dans les canots du rivage! Non! nous ne craignons pas la mer, ni le prétendu mal qu'elle donne! Habitude de marcher la tête en bas et les pieds en l'air! Si, avant de s'embarquer, ces messieurs et ces dames faisaient seulement deux mois de cet exercice, ils n'auraient plus besoin, pendant les traver-

sées, de se fourrer le nez dans leurs cuvettes !
Entrez ! Entrez ! messieurs, mesdames, et suivez le
monde ! »

Et le joyeux Pescade se laissait aller à ses boniments habituels, comme s'il eût été sur les tréteaux
de sa baraque.

« Bien, Pointe Pescade ! répondit le docteur.
Nous nous entendrons à merveille, et, par dessus
tout, je vous recommande de ne rien perdre de
votre belle humeur ! Riez, mon garçon, riez et
chantez tant qu'il vous plaira ! L'avenir nous garde
peut-être d'assez tristes choses pour que votre joie
ne soit pas à dédaigner en route ! »

En parlant ainsi, le docteur Antékirtt était rede-
venu sérieux. Pointe Pescade, qui l'observait, pressentit que dans le passé de cet homme, il devait y
avoir eu de grandes douleurs qu'il leur serait peut-
être donné de connaître un jour.

« Monsieur le docteur, dit-il alors, à partir d'aujourd'hui, nous vous appartenons corps et âme !

— Et, dès aujourd'hui, répondit le docteur, vous
pouvez vous installer définitivement dans votre
cabine. Très probablement, je vais rester quelques
jours à Gravosa et à Raguse; mais il est bon que
vous preniez dès maintenant l'habitude de vivre à
bord de la *Savaréna*. »

— Jusqu'au moment où vous nous aurez conduits dans votre pays! ajouta Pointe Pescade.

— Je n'ai pas de pays, répondit le docteur, ou plutôt j'ai un pays que je me suis fait, un pays à moi, et qui, si vous le voulez, deviendra le vôtre!

— Allons, Cap Matifou, s'écria Pointe Pescade, allons liquider notre maison de commerce! Sois tranquille, nous ne devons rien à personne, et nous ne ferons pas faillite! »

Là-dessus, après avoir pris congé du docteur Antékirtt, les deux amis s'embarquèrent dans le canot qui les attendait et furent ramenés au quai de Gravosa.

Là, en deux heures, ils eurent fait leur inventaire et cédé à quelque confrère les tréteaux, toiles peintes, grosse caisse et tambour, qui formaient tout leur avoir. Ce ne fut ni long ni difficile, et ils ne devaient pas être alourdis par le poids des quelques florins qu'ils empochèrent.

Cependant, Pointe Pescade tint à conserver avec sa défroque d'acrobate son cornet à piston, et Cap Matifou son trombone avec son accoutrement de lutteur. Ils auraient eu trop de chagrin à se séparer de ces instruments et de ces nippes, qui leur rappelaient tant de succès et de triomphes. Ils furent cachés au fond de l'unique malle, qui contenait leur mobilier, leur garde-robe, tout leur matériel, enfin.

Vers une heure après-midi, Pointe Pescade et Cap Matifou étaient de retour à bord de la *Savaréna*. Une grande cabine de l'avant avait été mise à leur disposition, — cabine confortable, pourvue « de tout ce qu'il fallait pour écrire », ainsi que le disait le joyeux garçon.

L'équipage fit le meilleur accueil, à ces nouveaux compagnons, auxquels il devait d'avoir échappé à une terrible catastrophe.

Dès leur arrivée, Pointe Pescade et Cap Matifou purent constater que la cuisine du bord ne leur ferait pas regretter la cuisine des arènes provençales.

« Vois-tu, Cap Matifou, répétait Pointe Pescade, en vidant un verre de bon vin d'Asti, avec de la conduite, on arrive toujours à tout. Mais faut de la conduite ! »

Cap Matifou ne put répondre que par un hochement de tête, sa bouche étant alors encombrée d'un énorme morceau de jambon grillé, qui disparut avec deux œufs frits dans les profondeurs de son estomac.

« Rien que pour te voir manger, mon Cap, dit Pointe Pescade, quelle recette on ferait ! »

TABLE DES MATIÈRES

PREMIÈRE PARTIE

DEUXIÈME PARTIE

FIN DE LA TABLE DU PREMIER VOLUME